MARTA ORRIOLS

TRADUZIDO DO CATALÃO POR
be rgb e Meritxell Hernando Marsal

Porto Alegre • São Paulo
2024

DOCE INTRODUÇÃO AO CAOS

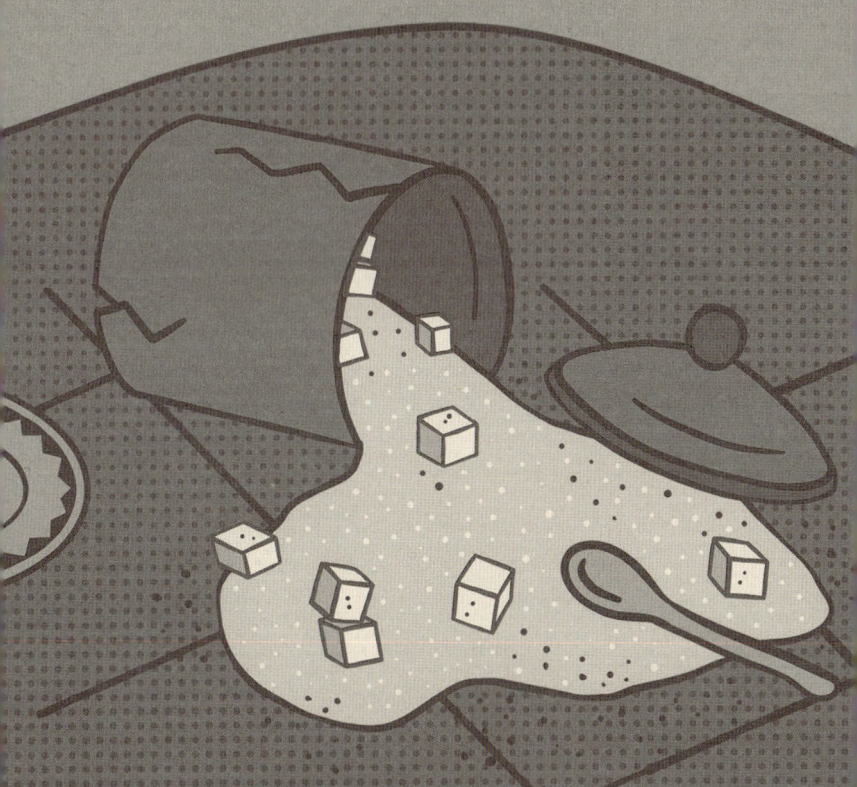

Dulce introducción al caos é o título de uma das músicas do disco *La ley innata* (2008), da banda de rock Extremoduro. Robe Iniesta, vocalista e alma do grupo, teve a amabilidade de me deixar usar para dar nome a esta história, que não se assemelha em nada à música, mas que a abraça tão bem musical e nominalmente que não podia deixar escapar. Registro aqui o meu agradecimento.

Para você, Miquel

Nós não lembramos o que queremos lembrar. Nós lembramos o que não conseguimos esquecer.

LISA TADDEO,
Três Mulheres
(tradução de Marina Vargas)

Não há vida completa. Só existem fragmentos. Nascemos para não ter nada, para que tudo escape por nossos dedos. E, ainda assim, isso que escapa, essa inundação de encontros, lutas e sonhos... É melhor não refletir sobre, como uma tartaruga. É melhor uma postura resoluta, cega. Pois tudo o que fazemos, até o que não fazemos, evita que façamos o contrário. As ações desmantelam suas alternativas, esse é o paradoxo. Por isso a vida é uma questão de escolhas, cada uma definitiva e sem grandes consequências, como lançar pedras ao mar.

JAMES SALTER,
Light Years
(tradução de be rgb)

PARES

1

Ainda caminhavam pelas ruas com aquela necessidade de se achegarem muito um no outro. Riam da imagem que formavam abraçados, o braço dele em volta da cintura dela, a figura contundente que desenhavam, as mãos dadas com urgência, a alegria líquida e a bagunça de pernas e pés buscando se adaptar à andança conjunta. Ambos fumavam. Os cigarros nas mãos acrescentavam mais um ponto de complexidade àquele caminhar juntos, as risadas entre espirais de fumaça e aquela condição indestrutível de quem se sabe apaixonado. Brincavam de pisar nas sombras que projetavam sobre os ladrilhos do chão úmidos da noite, dando-lhes forma até resultar numa só silhueta escura que englobava ambos. Pareciam atores de um filme em preto e branco da Nouvelle Vague, um cadinho irreverentes, mas também não muito sentimentais, com aquela atitude existencialista diante de um universo absurdo. Ainda que não manifestasse, para ele parecia que construíam o começo de alguma coisa.

Às vezes, quando faziam amor e consideravam tacitamente que fora algo excepcional, fotografavam-se, com uma Polaroid velha, enrolados nos lençóis. O flash e o tempo foram degradando o papel fotossensível até transformar a roupa de cama numa mancha de um branco apagado. Os rostos também empalideceram, adquirindo um ar fantasmagórico; isso mesmo, os rostos fantasmagóricos de dois cretinos em êxtase. Sempre com um cigarro na boca e os cabelos emaranhados, o olhar falsamente rebelde que lhes conferia um ar punk, como de capa de disco. Achavam isso imprecisamente divertido.

Quando, festivos, começavam a imaginar um mundo em comum e ainda não podiam prever os seus gestos, tatuaram uma mesma estrela diminuta na depressão ao final da mandíbula, bem atrás do lóbulo da orelha. Alguém poderia pensar que foram covardes, que esconder uma tatuagem é não acreditar tanto nela, que quando alguém se arrisca é preciso fazê-lo sem pensar duas vezes. Alguém também poderia opinar que tatuar uma mesma estrela insignificante não implica nenhum risco, que não é mais que o resultado de um ataque de exuberância sentimental. Uma estrela. Supunha-se que a dela exerceria influência no destino dele, e a dele no dela. A iconografia infantil sobre a pele madura. Ainda têm pela frente uma imensidade de tempo, mas, para ele, a sensação de hedonismo despreocupado começou a minguar desde que fez trinta e três anos; sabe-se instalado em uma liberdade volátil, parcialmente imposta por um sistema que facilita uma espécie de resistência ao amadurecimento. Tentar viver bem lhe parece um objetivo bem sólido; fazê-lo ao lado de alguém que irrompe vitalidade, uma poção lendária que garante a vida eterna. É um adulto com uma estrela tatuada atrás da orelha, sua mãe o lembra bastante disso quando repete, com um discurso ritmado, quase um rap, que ela, nessa idade, já tinha dois filhos, trabalhava, cuidava da casa e mandava dinheiro para a família, que tinha permanecido na pequena cidade de onde tinha saído. *E você acha que alguém me ajudava?*, acrescenta, sempre com um toque de ressentimento. Sua mãe é uma crítica feroz da infrutífera transição rumo à suposta idade adulta.

A juventude já não lhes proporcionava descontos nem seguro-viagem totalmente de graça, mas a levavam incrustada como uma patologia poética e não distinguiam os riscos, ou não queriam acreditar que haveria outros riscos que lhes negariam aquela maneira de viver para sempre como falsos espíritos livres. Quando caminhavam tão perto um do outro, tatuar a mesma estrela atrás da orelha era o risco mais alto, e a vida talvez fosse sobre isso, somente isso, lugares-comuns repetidos em toda parte e ao longo dos anos, dos séculos; um mundo primitivo como as pedras, não controlado pela razão e enganosamente harmonioso.

Houve aquele primeiro sinal de mudança um ano antes, quando formalizaram um aluguel conjunto e começaram a reunir sob o mesmo teto as coisas dele e as dela: os tiques de cada um, o barômetro dourado que tinha sido do pai dele, os cheiros corporais, os amigos, as amigas, os livros de ambos, uma pequena galinha de cerâmica de uma viagem que ela tinha feito para o Peru, as câmeras dela e a claquete dele. E o cachorro também. A adoção do Rufus foi, sem que soubessem, a última gota de indolência deliberada, a estranha calma antes da tempestade.

— Dani, leva o cachorro pra rua de uma vez, deixa que eu cuido do jantar!

— Não, meu bem, o pessoal já vai chegar. Levo ele depois, quando todos tiverem se acomodado.

— Mas aproveita que agora não está chovendo! Pobre bicho, ficou o dia todo sem sair! Não é, Rufus? Se não fosse por mim, quem cuidaria de você? Vai, faz o favor de levar ele de uma vez.

É um labrador de pelo dourado, velho, com artrose e uma cabeça grande. Tem o focinho úmido e o olhar de quem já viu de tudo. É um cachorro solene, que demonstra uma dignidade que comove. Jaz confiante sobre os tapetes gastos que a avó paterna de Marta lhe deu há muitos anos. Quando a avó Jutta morreu, Marta os levou de Berlim e seguiu passeando com eles por todos os apartamentos onde viveu em Barcelona. Quando pisa nos tapetes com os pés descalços, diz que sempre se lembra da avó acariciando a lã deles. Ele nunca chegou a conhecê-la, essa avó alemã, mas ela forma parte das memórias de Marta de maneira incisiva. Frequentemente, sai falando dela com obstinação, como quem pendura uma bandeira na sacada. Quando ela fala da avó Jutta, ele tem a sensação de que Marta, no fundo, reivindica uma nacionalidade que gostaria de ter estampada num passaporte, não somente no DNA; por trás da lembrança da avó, sempre há um clamor de orgulho e pertencimento e, no entanto, ele não pode deixar de perceber que há um matiz de rancor nela por ter nascido onde nasceu, em um lugar e não em outro, como se esse detalhe a despossuísse de dignidade. Mas da avó nada resta a não ser os tapetes, uma entonação berlinense peculiar quando Marta deixa escapar palavras em alemão em alguma conversa, aquela pequena giba óssea sobre o nariz que ela herdou e que odeia com todas as forças e a arte de urdir estratégias de urgência. Sem dúvida era uma estratégia e era urgente mandá-lo sair para passear com o cachorro justamente naquele momento.

Diante da insistência, Dani retirou o avental de má vontade, estalando a língua enquanto colocava a coleira no cachorro, com a expressão de uma criança contrariada.

Não tinham como saber, nem o homem, nem o cachorro, que desceriam para a rua e, enquanto ele acendesse um cigarro, que repete que será o último faz semanas, ela correria para o banheiro e rasgaria a embalagem de um teste de gravidez, o segundo que faria naquele dia. Estão juntos há dois anos. Dois anos, quase um deles inteiro sob o mesmo teto. Dani a admira, a ama e às vezes a detesta um pouco, por alguns breves momentos, por causa de pequenos curtos-circuitos provocados pela convivência. O tempo e uma imaginação transbordante lhe concedem a habilidade de imortalizar uma imagem que na realidade ele nunca viu. É fácil. Imagina-a enquanto espera sentada sobre a tampa da privada. Rói a unha, distraída. Pensa nela como a imagem reiterada de tantas outras mulheres, ou talvez de tantos filmes vistos, como aquela fotografia dentro de outra fotografia que ao mesmo tempo aparece em outra fotografia, ou como o reflexo de um espelho que reproduz a imagem de outro espelho, repetindo-a infinitamente, cada vez menor, uma dentro da outra, de uma mulher sentada sobre a tampa da privada, as pernas cruzadas, roendo as unhas, distraída, segurando o pedaço de plástico ensopado de urina com a mesma indolência com a qual segura o primeiro cigarro quando vai para a sacada no raiar do dia, agasalhada com o suéter grosso de lã, e começa a ruminar. Com os braços dobrados e o olhar vago, organiza as sessões de fotos, decide quais lentes usará, calibra a luz e pensa na câmera enquanto o sol dá início ao dia e ela, com cada tragada, o cobre de fumaça e de mistério.

Spiegel im Spiegel, espelho no espelho, uma mulher sentada sobre a tampa da privada com o gesto herdado de roer a unha, distraída. Uma mulher e um embrião e, na rua lá embaixo, sobre o solo molhado, o homem responsável por parte do material genético se detém impaciente, olha o relógio e pensa que todos devem estar prestes a chegar e que com certeza Marta não saberá se o molho precisa ficar um pouco mais cozinhando e que, para não precisar mais pensar nisso, desligará o fogo. O cachorro levanta a pata com o ritmo próprio da senilidade, esguicha no tronco de uma árvore, e ele dá uma última tragada, contraindo as sobrancelhas, lança o cigarro no chão, pisa nele com a ponta do sapato, recolhe e se apressa rumo à entrada de casa. Não sabe que, quando entrar, o embrião do seu futuro filho há semanas já terá descido pela trompa de Falópio com a facilidade de quem se deixa cair por um escorregador.

Naquela noite, não caminharam juntos, como tinham feito tantas outras vezes antes, com o velho Rufus meio metro para trás, somente buscando marcar território, único testemunho do entusiasmo frenético de duas almas que ainda sentem tanta gratidão.

— Marta! Desligou o fogo?! Mas eu te disse que ainda não estava no ponto!

Imagina ela no banheiro com os dentes apertados, resmungando porque ele voltou rápido demais por causa do molho. Com certeza ela proferiu um xingamento, *merda de molho, porra!*, ou algo assim. Ela gosta de palavrão, é moleca, alegre, bastante inacessível, um tanto mimada, muito inteligente e nada possessiva. Quatro minutos e alguns segundos. As pupilas se dilatam, e aquela dor abdominal provocada pela pressa, pela vergonha, pelos sustos e pela espera de um resultado iminente na intimidade. Agita o teste de gravidez como um leque. Umas gotas de suor frio fazem um efeito lupa sobre a penugem finíssima do lábio superior, de um loiro germânico, o coração a mil e um monte de reações à espera. Apressou-se em recolher o plástico e metê-lo no fundo da cesta de roupa suja e, sozinha diante do destino, teve pena dele, que fazia barulho com os utensílios de cozinha para deixar na cara que estava brabo pelo fogo ter sido desligado antes da hora. A vida ficava séria e ele se zangava com um tempo de cozimento.

Com frequência as maiores verdades se revelam em poucos segundos, em questão de minutos, no tempo que se leva para passear com um cachorro e voltar para casa. Pela segunda vez, apareceu no teste de gravidez a pequena faixa horizontal, tímida, como a linha rosa e fina entre o céu e o mar que anuncia a aurora, como o sim acovardado de uma noiva no altar. E foi isso. A mudança sempre ficaria associada àquelas imagens circunstanciais: não chovia, mas tinha chovido, o cheiro ácido do molho de tomate que preenchia o apartamento todo, a mesa quase pronta para os amigos. Atrás das orelhas, tatuadas, as estrelas.

São um pouco disso tudo também. Os lugares que habitam, os lugares que habitaram e tudo o que colocam dentro. Reservaram a manhã de quinta, o mesmo dia em que receberiam os amigos para jantar em casa, para escapar por algumas horas e ir a Ikea comprar quatro coisas para o quarto. Ainda seguiam as rotas previsíveis da vida compartilhada, ignorando que muito em breve mudariam de improviso. Por isso ele dava importância a fatos que umas horas mais tarde já não importariam mais; insistiu durante todo o caminho que lhe incomodava equipar o apartamento com aqueles móveis sem personalidade nem qualidade. Ele pensava que estava falando de móveis e design, mas na realidade falava de algo bem diferente. Apesar da simplicidade da mobília com a qual cresceu, sente saudade da essência daquilo tudo, dos quartos infantis que sobreviveram às adolescências e que aguentam até hoje o transcorrer do tempo, com os adesivos meio apagados de uma época passada: o das Olimpíadas de 1992 em Barcelona, com o mascote Cobi e os anéis olímpicos, e um troll de Davi, o Gnomo. É uma saudade que Dani acha que tem a ver com a duração, mas não se dá conta de que, na realidade, sua angústia é não poder se aferrar a nada. Sente que tudo muda e que a possibilidade de perda é cada vez mais alta. Nos lares dos pais, resguardados por adultos responsáveis, que saíam todo dia para trabalhar e voltavam ao anoitecer com as sacolas de supermercado mais cheias ou mais vazias, a segurança se erigia como um pilar. Protegiam eles de um mundo que nem ele, nem Marta podiam intuir que seria tão evanescente, artificial e frágil. Mas as mudanças somente são percebidas quando a mutação já se iniciou. Crescer e avançar é, em partes, se adaptar à alteração, deixar para trás aquela vida ingênua, as etapas, os apartamentos compartilhados e as vivências coletivas. Ir sempre para outro lugar, outro trabalho, outro apartamento.

— **REFIZ AS CONTAS** e faz uma década que vivo como um nômade buscando sem parar uma condição de vida melhor. Um *Australopithecus* conectado ao celular e ao laptop. É por isso que hoje, quando enfim conseguimos nos encontrar, depois de tantos meses, queria dizer para vocês que, neste apartamento, espero, esperamos — olhou para Marta de canto de olho com um sorriso, ao que ela respondeu com uma careta — inaugurar o sedentarismo e entrar no neolítico de uma vez por todas.

Quando disse isso, os amigos riram. Sempre riram sinceramente das suas piadas e já aguardam a solenidade com a qual costuma embrulhar as anedotas mais banais, aquele final de frase que sempre começa com um *não, agora falando sério* e que todo mundo sabe que trará à tona alguma sentença nostálgica. Arcadi, que desde a universidade nunca deixou de interferir com sua insolência, sempre o descreveu como o amigo que parece ter vindo de um centro de depressivos e obsessivos-compulsivos, mas é certo que todo mundo adora Dani porque, no fundo, ele assumiu o papel de manter o grupo vivo.

Naquela mesma quinta-feira, à noite, dois testes de gravidez depois, terminavam de arrumar a mesa enquanto esperavam os amigos. Ele perguntou alguma coisa que tinha a ver com as taças de vinho, mas ela não conseguia prestar atenção em nada que não fosse o resultado do teste. Se Melca pegasse o trem AVE a tempo, estariam em nove, e tinham somente seis taças. Com uma expressão falsamente concentrada, ela respondeu que, se era isso mesmo, que colocasse apenas copos, mas que esperasse um momento, pois queria trocar as toalhas pelas de fio da avó Jutta. Parecia que assim, naquela noite, se sentiria mais próxima dela, como se, ao deixar repousar as mãos sobre o tecido velho e familiar, este pudesse lhe transmitir a mesma determinação que transmitia quando criança, quando precisava voltar para Barcelona de avião e a avó segurava sua mão com firmeza para expulsar o medo, como se o contato com as toalhas pudesse ajudá-la a manter a cabeça fria e, além disso, oferecer o jantar que já não era possível cancelar. O ambiente carregado pela fumaça de tabaco e pelo barulho da conversa, as cascas das frutas secas espalhadas, cinzas de cigarro nas latas vazias de cerveja e restos da torta de maçã que alguém trouxe para a sobremesa. Algum copo com marcas de batom. Tiraram fotos das etiquetas das garrafas e fizeram upload delas, porque Marc usava um aplicativo no qual davam nota para o que acabavam de beber. Marta estava abalada, mas dissimulava tão bem quanto podia.

— Preciso te falar uma coisa, Dani.

— Por que você sempre deixa a borra do café na pia? — ele protestou, inoportuno. Coincidiram de estar na cozinha no mesmo momento. Os amigos riam no fundo do corredor. — Desculpa, o que você queria falar?

— Agora não. Depois.

Marta deu meia-volta, indolente. O colapso, oculto por mais algumas horas. Ele às vezes se odeia um pouco quando reencarna a parte mais histérica da sua mãe, com todas aquelas manias de ordem. Desde criança, ela demonstrava sua obsessão com o pó e a limpeza, ou falava de um tira-manchas tão, mas tão eficaz, e ele fugia dela, como faz ainda hoje quando se veem, bem às vezes, mas, por outro lado, desde que foi viver com Marta, ele se preencheu com a herança materna, que lhe impõe a necessidade de uma cozinha impoluta. Os talheres devem ser colocados na lava-louças de forma eficiente, as facas viradas para baixo, com o cabo para cima, as tupperwares na bandeja superior para que não se deformem com o calor. Ignora que logo mais todos os detalhes que até então pareciam fundamentais vão se transformar em minúcias, sobras de um tempo passado que terá escapado por seus dedos sem que tenha podido reagir.

Voltaram à sala de jantar. Sentaram e ele buscou a mão dela por baixo da mesa para minimizar a crítica na cozinha. Ela não afastou a mão, como era esperado; pelo contrário, colocou a sua por cima e apertou a dele com força. Dani não tinha como intuir o significado profundo daquele gesto. Quando a observou de canto de olho, tampouco soube interpretar aquele olhar novo e por isso correspondeu com uma piscadinha e um sorriso malicioso, convencido de que Marta estava demandando uma noite selvagem tão logo ficassem a sós. Foram crianças durante aqueles instantes, ela alarmada e ele tão ingênuo. Marta revirou os olhos e soltou a mão dele. Logo depois se juntou à conversa. Discutiam política. Dani entrou de cabeça para cortar uma discussão cada vez mais acalorada. A controvérsia o atordoa. Que os seus amigos, que considera pessoas inteligentes, possam engolir toda a imensidão de mentiras que se esconde na linguagem política e continuem sendo capazes de defendê-las é algo insuportável para ele. São tudo boi de piranha e não se dão conta disso. Ele sofre com a polarização política. A conversa enveredou por um sentimento pessimista e o ambiente não era de apaixonamento dialético, mas agora reinava um ar de provocação, de ofensa, como uma partida de pingue-pongue interminável que se radicalizava rápido e que eclipsava a noite. Buscando evitar que o jantar acabasse com todos divididos em trincheiras, perguntou quase aos gritos se alguém queria mais vinho, café, chá. Exaltados, nem o escutavam, então ele bateu com uma colher no seu copo, que ainda continha um pouco de vinho, como se tivesse que anunciar alguma coisa importante. O coração de Marta deu um pulo. Relacionou o tinir com o que ela ainda precisava contar para ele. Todo mundo se calou e olhou para Dani com curiosidade.

— Tem um parque em Moçambique onde os elefantes nascem ultimamente sem presas. Bem, na real, somente as fêmeas. — Os amigos deram de ombros ou fizeram alguma careta de incompreensão. — Os biólogos acreditam que é o resultado de uma evolução genética depois de décadas de caça furtiva. Durante a Guerra Civil Moçambicana, o marfim era vendido para poder comprar armas e a carne dos elefantes servia para alimentar os combatentes.

Silêncio incômodo e olhares de estupefação por alguns segundos. Logo depois, Dani foi repreendido pela interrupção com risadas e vaias e um ataque deliberado com miolo de pão e uma rolha de vinho. Que deixasse para lá os elefantes, que o que ele precisava fazer era se posicionar, mas, com a interrupção, a discussão política ficou suspensa. No fim das contas, estavam na sua casa e captaram a mensagem. A calma voltou a reinar à mesa e, por um momento, parecia que não sabiam sobre o que falar. Arcadi puxou o tema do verão, se fariam alguma coisa juntos, pois havia ficado pendente aquela ideia sobre Córsega, mas ainda era janeiro e o frio insistente tinha deixado as árvores nuas. Carles e Irene ligaram para a babá para saber se a pequena tinha dormido. Estreavam como pais, se afligiam, amavam. Dani captou o olhar de compenetração entre os dois e a maneira como ele tocou brevemente na coxa dela. Havia consenso nos gestos, o amor hegemônico. Gosta deles e, mesmo assim, desde que viraram pais, sente um tipo de inveja, não por aquilo que têm, mas pelo que desvalorizam, aquilo que os afasta do que os tornava irresistíveis antes: a despreocupação, os ideais irrealizáveis, o elo das velhas feridas, os sorrisos, os lemas que eram somente seus, a juventude, talvez. Percebe que jantar com os amigos se tornou quase um luxo, um capricho. Mantêm um grupo de WhatsApp onde as suas vidas circulam no ritmo das mensagens instantâneas que regulam as suas existências. Trocam signos vazios, imagens incorpóreas, emojis e piadas. A amizade se mantém com vida graças à informação que os fios invisíveis transportam. O vínculo é mais intenso através do celular do que quando se encontram, às vezes, para jantar ou celebrar alguma coisa juntos. Cara a cara, a engenhosidade cai abruptamente, esvai-se a comodidade de poder opinar sem filtros, o atrevimento para dizerem como se amam e como sentem saudades ou como já não se aguentam mais. Quando enfim se reúnem, superadas as demonstrações iniciais de afeto, abraços e beijos, sentados ao redor da mesa escandinava e à medida que passam as horas, dão de cara com uma cortina etérea que os cobre com o desencanto e a decepção de um grupo de amigos que vê como seus sonhos de juventude caducam. Para Dani, os reencontros são uma faca de dois gumes, os espera com a lembrança deformada das noites que não se extinguiam nunca, da vontade de festa, mas sempre acabam com um ar nostálgico que o deixa baqueado, não somente porque sobra um monte de cervejas que não foram abertas ou porque ninguém acaba bêbado, mas sobretudo porque percebe em cada amigo pequenas mudanças devido ao processo de amadurecimento. E as teme. Teme cada alteração mínima desse grupo formado em grande parte na universidade. Para ele, os amigos viriam a ser a estrutura da sua estabilidade, e uma estrutura sólida confere muita segurança, mas uma estrutura que amadurece com mudanças de papéis — amigos que são pais, amigos que mudam de relacionamento, amigos que se mudam para longe — altera o seu esquema e o obriga a se relocalizar. Fez dos seus amigos a sua religião. As mudanças o abalam. Aquilo que deixa para trás sempre provoca nele uma certa dor e uma certa saudade. Sente que, como grupo, já se sustentam apenas com as velhas anedotas. Marta sempre diz que exagera, que ele tem dentro de si uma mistura de Woody Allen com a larva repugnante que emerge violentamente do peito de um dos tripulantes em *Alien*, que ultimamente se incomoda com tudo e está irritável.

Apesar disso, sentia-se bem naquela noite. Ainda precisava tanto dos amigos. Na hora de ir embora, a caminho da porta, a velha promessa de se verem mais vezes, o efeito do vinho, as risadas, a sua rede de segurança. Perdoava eles pelo fato de que, de alguma maneira, os contornos que antes os definiam estivessem se dispersando. Podia perdoá-los, inclusive, por se desvirtuarem um pouco do que sempre disseram que acabariam sendo. Preferia tê-los perto, mesmo que fosse daquela maneira. Estava apaixonado por um ideal de amizade inquestionável. No fundo, sabia. No fundo, todos sabiam que seus trabalhos, o dia a dia, as logísticas de uns e de outros derrubavam os ideais e os deixavam em segundo plano. A amizade é um espelho perfeito. Dani nunca falava disso com eles, não é o tipo de fraqueza que se possa mostrar mundo afora, mas isso seguia com ele, e ele até sente algo parecido com uma pontada quando alguém se atreve a sentenciar que a amizade está supervalorizada. Tudo muda numa velocidade infernal, e ele é incapaz de acompanhar o ritmo, precisa acreditar que os amigos não vão mudar, ou, pelo menos, que não farão isso tão depressa. Sem precisar ir tão longe, dois dias antes do jantar, ouviu isso no metrô. Na Plaza Espanya, subiram duas garotas que usavam uns crachás pendurados no pescoço. Saíam cansadas do trabalho, de uma feira de negócios. Maquiagem excessiva, sapatos de salto, ficaram o dia todo forçando o sorriso, e por isso agora estavam acabadas. *Não liga para isso, a amizade está supervalorizada*. A outra assentiu com a cabeça. Desceram na parada seguinte deixando aquela frase maldita no ar. Dani sabia que no fundo tinham razão. Agitando a bandeira da amizade, suaram correndo atrás de uma bola, tomaram banho de mar gritando como se o mundo fosse acabar, ficaram em restaurantes até a hora de fechar. Confessaram misérias em tantos balcões de bar, viajaram, se estranharam, cederam sofás entre si para dormir durante períodos de transição de relacionamento, de moradia, de complexidades. Para Dani, o valor disso tudo nunca será excessivo, agora que se deu conta de que crescer significa transformar em memória aquilo que antes era real e aceitar que os amigos, nos seus mundos novos, são outras pessoas. Quando conheceu Melca, ela era tímida e reservada, e agora é a alma dos encontros. Perguntou-se qual das duas era mais real quando ela se levantou para ir ao banheiro e começou a cantar, toda desinibida.

Arrumou a cozinha enquanto Marta continuava com seus rituais antes de ir para a cama. Às vezes experimenta voltar a ser quem era no preciso momento anterior àquela noite, tenta recuperar aquele estado, o do momento antes de saber que havia a possibilidade de ser outro alguém e, quando reconstrói a cena, sempre lhe vem à mente a história do tsunami na Tailândia, a da menina britânica que salvou a vida de uma centena de turistas na praia da ilha de Phuket porque, quando a água retrocedeu, afastando-se da praia, minutos antes que a grande onda destruidora fosse visível na costa, ela avisou aos gritos que havia um tsunami se aproximando. Só ela soube interpretá-lo. Tinha estudado isso na escola umas semanas antes. Naquela praia, não houve vítimas porque a menina reconheceu os indícios e alertou todo mundo sobre o que estava prestes a acontecer. Os indícios que rodeavam Dani naquela noite tinham uma aparência tão modesta, tão completamente normal, que nada poderia avisá-lo sobre a grande onda: o cheiro de creme para o rosto que ela usa toda noite, seus pés gelados, o velho Rufus adormecido na sua caminha. Lá fora havia começado a cair uma chuva fina de novo. Marta achava que Marc não estava bem. Reparou que estava abatido e muito mais magro. *Você não percebeu?* Dani bocejou e fez pouco caso. Terminar a noite falando sobre Marc com ela lhe dava preguiça; ainda que fosse tarde e tivessem que acordar cedo, tinha esperança de transar, ainda que fosse uma trepada rápida e funcional. Uma quicky one, como ela às vezes lhe implora de brincadeira, provocando-o, acariciando os pelos ao redor do umbigo. Para ele, os anglicismos em geral parecem mais outra depravação da espécie humana, termos absurdos na boca de adultos que empurram a sociedade rumo a um estado perversamente infantil, mas aceita uma quicky one muito bem e a utiliza sem nenhum problema.

— É normal, fazia um tempão que estavam juntos. Como sempre, na quarta-feira vamos tomar uma cerveja e colocar os assuntos em dia. — Todas as arestas se desfazendo sob a luz cálida do quarto, o frescor do travesseiro no rosto, o cansaço agradável nas solas dos pés. — Mas fica tranquila. Vai passar — respondeu para cortar o assunto e então deu meia-volta para beijar o ombro dela. Afastou um pouco o tecido do seu pijama. A calidez da pele. Os pequenos costumes adquiridos.

— Era isso?
— O quê?
— O que você queria falar antes, na cozinha.

Marta coçou a cabeça e, com um gesto rápido e automático, tirou um elástico do pulso e amarrou o cabelo. A estrela diminuta e tatuada brilhou timidamente enquanto seu olhar se obscurecia. Inspirou ruidosamente e soltou o ar, transformando-o em sentença:

— Estou grávida. Não quero levar essa gravidez adiante.

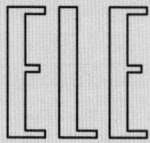

It might be fun to have a kid that I could kick around
A little me to fill up with my thoughts
A little me or he or she to fill up with my dreams
A way of saying life is not a loss

LOU REED,
Beginning of a great adventure

TEM CINCO ANOS E MEIO, chocolate seco ao redor dos lábios, os cabelos que ficaram loiros com o sol de agosto. As têmporas suadas. Se agacha dobrando as pernas. As nádegas quase tocam os calcanhares. Respira com a boca aberta. Vaivém de abelhas sobre a lavanda, rumor de água brincando com os seixos do rio. Dani faz uma pinça com o indicador e o polegar para segurar um galho fino e comprido que encontrou no chão. As sobrancelhas contraídas, concentrando toda a sua atenção no ato que está prestes a executar. Encontrou um formigueiro perto do rio Nalón, que passa não muito longe da casa de sua avó, em Tudela Veguín. Ficarão lá até setembro, quando começa a escola. A avó lhe dá pão com azeite e chocolate para lanchar, jogam pachisi e, se não chove, nadam no rio. Não há proibições. As maçãs para fazer sidra das macieiras em frente à casa cabem na sua mão. Na cidade pequena, sua mãe parece mais calma. Ela e a avó cochicham o dia todo, aproximam as cabeças para falarem coisas que Dani não consegue escutar claramente, mas deduz que daquele nó privado entre as duas sairá o futuro. Apenas caça, pairando, sons de esses e cês que brilham e saem disparados pelos dentes incisivos superiores. Sua mãe é uma mulher jovem e bonita, com um novo olhar, que parece com o da senhora velha do açougue da cidade, a que sempre usa roupas pretas e um lenço de tecido amassado dentro do punho da camisa. Aquele assunto sobre o pai e a ambulância ficou para trás. Em outra vida. A de antes. A de três meses antes. De quando seu pai, da cama, chamava por ele com a pequena sineta e, com a voz metálica, pedia um beijo. Conseguia dizer *beijo*. Não conseguia dizer *água*. Para pedir água, tinha que escrever num papel. Fizeram um furo no seu pescoço. *Não fique encarando!*, repreendia Anna, sua irmã, e ele não queria olhar tão fixo, mas seus olhos apenas iam. E depois, ao fim de poucas semanas, a ambulância levou seu pai. Ele não voltou mais. As ambulâncias deixarão Dani em pânico por toda a vida.

O germe da lógica, no fundo do cérebro, o impulsiona a introduzir o galho dentro do buraco do formigueiro. Enfia tanto quanto possível e, com uma raiva que começa naquela mesma tarde, empreende um movimento parecido ao de tocar uma sarronca até transformar o galhinho numa arma letal. Centenas de formigas vermelhas fogem, correndo daquele gigante assassino, e se dispersam pelo chão enlouquecidas e desorientadas. Em seguida, pega terra e tapa o que sobra dos orifícios de ventilação. Levanta, espana a areia das pequenas pernas de um corpo ainda em construção e corre até sua mãe. Abraça ela, se pendura nas costas dela, agarrando-se ao seu pescoço, como um pequeno orangotango. Sua avó lhe dá um beijo e diz: ¡*uy, mi niño, qué guapo que está!* Não olha para trás. O rio desce repleto de água geladíssima e transparente. Há um trecho de terra firme. Sentam sobre ele. Sua avó e sua mãe chapinham a água com os pés no ritmo da conversa, levantando pequenas cristas de água. Anna lava os cabelos de um loiro palha da boneca com corpo de sereia. Numa curva do rio, feixes de juncos se inclinam sobre as mulheres da sua vida. Precisa descobrir como cuidar delas, afastá-las dos perigos. O tio Agustín já tinha deixado ele provar sidra. Só um gole. É o homenzinho da casa. Chamaram ele assim muitas vezes desde a morte do pai. Com o sol sobre os ombros, de súbito se sente indomável. Olha para suas mãos sujas. Ele todo é uma demonstração de força de cinco anos e meio. Se alguém o lambesse agora, notaria o gosto da terra e do suor.

Voltarão às Astúrias todo verão, até que ele e Anna deixem a adolescência para trás; a casa da avó será sempre a opção incontornável de veraneio. Por muitos anos, o tio Agustín virá para passar uns dias. Dani nunca saberá que foi a pedido da sua mãe. Para impregnar um pouco o ambiente de masculinidade, para que o menino absorva dele todas as coisas que tradicionalmente são delegadas ao lado masculino. Ela se vangloria de que seu irmão mantenha o trabalho de inspetor mecânico da vistoria veicular em Oviedo; o motor, a graxa nas mãos, a mecânica. Deixa ele fumar à mesa e, quando ele assiste futebol e berra com o árbitro, proferindo palavrões e xingamentos, ela o desculpa com uma reprimenda amorosa. O tio Agustín troca lâmpadas, emenda fios elétricos, faz a barba toda manhã e mija de pé ao lado de Dani, que, enquanto escova os dentes, olha rápido para entrever um pênis que lhe faz arregalar os olhos. Com as visitas do tio, sua mãe se transformou numa especialista em etnografia cotidiana que tenta ajustar as circunstâncias particulares — uma mulher sozinha com um menino e uma adolescente — àquilo que costuma ser a vida das outras pessoas. A herança cultural ainda é um tronco resistente que não a deixa dormir. Os ansiolíticos não impedem que uma cliente do salão de beleza lhe dirija um comentário, uma psiquiatra que lhe presenteia com calendários de empresas farmacêuticas a cada começo de ano: *Um menino precisa de um pai. A menina, tendo você como modelo, com certeza pode ir longe, mas para o Dani é diferente. Está comprovado que os meninos sem pai, quando viram adolescentes, consomem mais álcool e drogas e têm mais problemas com a lei. Ainda não encontrou ninguém? Será bom para ambos! Enfim, clareie mais as mechas da minha franja desta vez*. Ela responde que sim, que as deixando mais claras ela ficará com uma aparência mais suave. Sorri por fora, mas dentro de si alguma coisa se desencaixa. Sabe que não quer ninguém como pai para seus filhos e se aferra à esperança de que Agustín saberá colocar as bases da valentia e da coragem no pequeno Dani, que o levará para jogar futebol nos sábados de manhã e que vão se divertir juntos maratonando filmes de ação, que o introduzirá, na adolescência, à confraria dos homens que frequentam bares, que jogam cartas, bebem conhaque e riem lembrando das velhas farras, que será um modelo, o ideal da masculinidade que ela associa com essas ações e qualidades. Não leva em consideração que também haverá o afeto do tio com relação ao sobrinho, e então, um dia, eles vão sair para caminhar, vão parar para conversar com alguns vizinhos diante do celeiro e nisso Dani e Anna vão subir no telhado da construção para perseguir uma gata que há dias alimentam às escondidas. O tio lhe chamará *hijo* e o fará sempre a partir daquele dia.

— Daniel, hijo. Ten cuidado, no te vayas a caer. Bájate del hórreo ahora mismo.

Dani gostará de obedecer o tio, simular que discutem sobre o Barça e o Sporting de Gijón, sair correndo pela rua para ver quem chega primeiro na cimenteira, disputar queda de braço. Vai agir conforme aquela pauta que quase já não lembra, de agradar um pai, de andar atrás dele, de admirá-lo secretamente. O tio o ensinará a fazer a barba e a dirigir e quando, lá pelos quinze anos, Dani começar a dar uns beijos e sair com garotas e isso virar assunto de alguma vizinha fofoqueira, será ele quem, outra vez a pedido da mãe, aos poucos lhe falará de coisas que Dani conhece bastante: a ereção matinal, os anticoncepcionais, a responsabilidade, a gravidez não desejada. Essas conversas o incomodarão muito, e Dani preferirá que sua vida sexual incipiente continue na clandestinidade, assim como sua confusa adolescência e, um dia, quando se olhar no espelho depois do banho, perceberá que a penugem emergente sobre o lábio superior, a compleição e o rosto tão mudados começam a lembrar cada vez mais seu pai nas fotografias, e sentirá uma pitada de reconhecimento, uma pitada de orgulho, uma necessidade de tê-lo por perto que, pela impossibilidade de materializar-se, será substituída por um impulso de encontrar o tio e pedir que não o chame mais de hijo, de berrar com ele dizendo que não é seu pai, que somente o seu pai poderia chamá-lo daquela forma. Reprimirá esse desejo para não ferir ninguém e, ao invés disso, jurará a si mesmo que, quando tiver um filho, estará sempre presente. Que não ficará doente. Que, definitivamente, não irá morrer. Virão todos os anos de liberdade nos quais a vida o levará a se esquecer daquela promessa e da sua condição de menino solitário, fruto de uma infância dominada por mulheres: sua mãe, sua avó, sua irmã e as clientes do salão de beleza, onde muitas tardes esperará que a mãe finalize o trabalho lendo quadrinhos. Os primeiros anos de liberdade serão a época na qual emergirão todos os personagens que pode assumir: o universitário estudioso, o engraçado, o fã de cinema, aquele que sabe escutar os amigos, o que sempre exagera na bebida, aquele que prefere ficar em casa numa noite de sábado, aquele que não confessa à sua irmã a saudade terrível que vai sentir quando ela for estudar fora, aquele que sempre buscará uma desculpa fácil para que a garota que acordar ao seu lado vá embora logo, aquele que emprestará a grana que não tem aos amigos que precisarem, aquele que viajará sozinho, aquele que perceberá que Formentera em agosto é um inferno, mas que não deixará de ir se os seus quatro amigos o propuserem, aquele que olhará para trás e achará que o bairro onde vive sua mãe e a quietude daquele que foi seu quarto ficaram, enfim, distantes. Passarão, à frente deles, a curiosidade, o entusiasmo, os estudos, o trabalho, as mulheres, o dinheiro. Com os anos, a euforia se apaziguará e será habitual estar razoavelmente triste. Sempre em silêncio, continuará buscando pais de celuloide e, nos roteiros que escrever, quando as águas do seu rio descerem mais tranquilas, sempre haverá pais que abandonam, pais que morrem, pais ausentes. Sem que ele possa descrever isso de modo clínico, tudo terá um significado ligado ao desamparo. O drama da paternidade perdida e o afundamento da infância serão o tema central que estruturará o roteiro de um filme que começará a escrever e nunca terminará. Ao invés disso, acabará se dando muito bem escrevendo comédia, fazendo as pessoas rirem, mas dentro de si continuará um material vital fantasmagórico que nunca será capaz de utilizar com propriedade.

Sexta-feira
Semana oito

3

O metrô está cheio. No horário de pico, os vagões são cápsulas de realidade que contêm uma multidão permanente de pessoas que, com frequência, compartilham apenas o desejo de se blindar na sua própria intimidade, mexendo nos celulares ou escondidas atrás de um livro. Quando saírem, a vida será urgente, mas, durante o trajeto, a espera em movimento se transforma numa trégua obrigatória. Dani a vinte e seis quilômetros por hora, a pulsação acelerada, o estômago embrulhado, os nervos que se manifestam fisicamente. Sempre ficou assim quando foi preciso enfrentar alguma circunstância inesperada e pressente que a situação com que acaba de trombar será complicada e confusa. O trem como um obus disparado a toda velocidade rumo ao final da via, enquanto ele, travado, enfia seus fones de ouvido na orelha e aumenta o volume até se encher de um happy punk carregado de humor satírico. Envolvido por um mundo sonoro impulsivo, se esforça para que os acordes altos e as melodias tocadas em clave maior triturem o pensamento, transformado numa entidade corpórea que se instalou dentro dele desde a noite anterior, quando ela deu a notícia. A preocupação se torna grossa, multiforme, densa.

Ainda não sabe, mas chegará o dia quando se perguntará do que se arrepende mais, do que viveu ou do que deixou de viver. Nunca desfará o emaranhado. Entenderá que o significado da vida permanece contido nessa fissura, reduzido a uma questão binária, condensado numa dúvida sempiterna. Como resposta, o silêncio.

Alguém poderia basear essa mesma questão numa perspectiva um pouco mais amável da vida e considerar o que vale mais, o que viveu ou o que se pensava que viveria. É fácil como trocar um verbo; ele sabe bem que a linguagem tem o poder de transformar a realidade ou, pelo menos, alterá-la, ainda que momentaneamente. Seja como for, ele é assim, como forma de defesa tende sempre a se colocar no pior dos casos, e para alguém como ele, que nunca costuma profetizar um bom desfecho, é mais provável que opte pelo verbo *arrepender-se*, porque, conjugue-o como conjugar, sempre carrega implícita a derrota.

De pronto, no entanto, vive instalado no presente. Um presente governado pelo barulho. Há robôs sexuais, nanomedicina, ameaças nucleares, grafites nas paredes, bolsistas que recebem pouco, bolsistas que não recebem nada; há Foursquare, Twitter, Instagram, Tinder, Facebook, presos políticos, veganos, técnicos em domótica, fluxos migratórios, fronteiras feitas de muros, fronteiras feitas de água, náufragos que boiam, drones e biohackers; há feminismos, criopreservação, despejos, patinetes elétricos, potes de meio litro de Häagen--Dazs de chocolate belga, greves de taxistas, ciberadvogados, manifestações, espaços de coworking, animais clonados, barrigas de aluguel; há natais laicos, masculinidades em transição, community managers, ataques químicos, academias, crescimento vegetativo positivo e o Protocolo de Kyoto. Há todo um presente fazendo barulho, todo um presente com uma evidente crise de silêncio e, dentro dele, estão Dani e Marta, estão como os outros, como aquilo que busca o seu lugar e acaba encontrando, e como está, no entanto, tudo mais que se perde pelo caminho e vai se deslocando até ser apenas uma lembrança flutuando pelo arquipélago da memória.

Rodeado pela multidão que normalmente observa e sobre a qual toma notas para seu trabalho, hoje a sensação de sufocamento não o deixa ir além. Tudo o incomoda: a manga da gabardina do senhor ao lado sempre que ele vira a folha do jornal, o cheiro de embutido de um adolescente que come um sanduíche e fala no celular, sentado no piso, até a luz amarelada do interior do vagão. Sente na boca do estômago o peso do que Marta disse e leva a noite em branco agarrada às órbitas oculares. Tudo que Marta sentenciou que não acontecerá existe dentro de Dani com uma força grotesca que de pronto gira obsessivamente ao redor do como e do quando. Se dá conta. Se dá conta do pouco controle que tem sobre aquela maré ascendente, imparável, descomunal. Aumenta o volume da música ao máximo para acabar com qualquer bolha de oxigênio que alimente aquela noção de futuro sem contorno. Mas como dissipar o futuro? Como reescrever o roteiro da vida? A intensidade do som não o ajuda, a aula de escrita criativa que precisa dar pontualmente às nove também não.

Para relativizar tudo isso, para decompor a cena da noite anterior em unidades compreensíveis e reduzir as palavras de Marta a simples peças de um quebra-cabeça que, mesmo agora, resiste a mostrar sua imagem inteira, precisaria, de cara, ter a manhã livre. Tem que ligar para a escola de escrita onde dá aulas um par de dias por semana. Inventará uma gripe, um funeral. Ele, o rei da invenção, debilitado de repente pela melhor desculpa que poderia servir para justificar uma falta. Seu trabalho como roteirista de séries televisivas não permite nenhuma frivolidade depois de ter pago o aluguel e as despesas fixas, então concilia esse trabalho com as aulas para dignificar a renda no final do mês. O que começou como um recurso provisório se estabeleceu como uma entrada segura de dinheiro. Uma entrada fraca, é verdade. Dá a sensação de que, desde que era um adolescente e economizava para comprar um PlayStation, nunca mais deixou de buscar um jeito de ganhar uma grana. Sempre bicando aqui e acolá. Seu progresso biológico não casa com seu progresso laboral, nem com a estabilidade à qual aspirava anos antes. Não acredita mais na estabilidade; ao invés disso, a realidade o fez acreditar na deriva.

Até agora, nunca havia mentido para justificar uma falta, ainda que tenha sentido a tentação muitas vezes. Mas esta manhã é diferente, ele é diferente e, se foi capaz de engravidar Marta, fala para si mesmo, então é capaz de mentir sem reservas. Ele faz isso por escrito. Covarde, se culpa. Sopesa a estupidez de se julgar num momento assim e, enquanto digita *preciso suspender a aula de hoje por um assunto pessoal*, sente uma pontada no coração por tudo que contém de real a desculpa escrita.

Justo quando envia a mensagem, aparece uma de Marta que desmonta toda a lona de circo dramático que ele tinha acabado de montar: *Encontrei com a Laura. Tem entradas pro sábado, pro show. Você vai? Eu com certeza vou!* Concentra-se no emoji que termina a mensagem com uma piscadinha de olho e mostrando a língua. Olha-o bem de perto. Uma representação icônica da linguagem adotada como uma reação plena de sentido e emoção. Gostaria de poder se aproximar ao ponto que fosse visível aquilo que não se vê a olho nu, porque obviamente por trás daquela pequena cara amarela se escondem coisas importantes e inteligíveis em qualquer idioma, como, por exemplo, que tudo está no seu lugar, que nada mudou, que a vida, tal como a conhecem, segue seu curso. Show, sábado. Música. Uns drinques. O ritmo relaxado do fim de semana.

A banda que Marta admira ele não suporta. Pela falta de sensualidade nas músicas ou pela voz anasalada do vocalista, nunca parou para averiguar por quê. Tolera porque preenche com o seu som o espaço que ele habita com Marta e porque a viu dançar à contraluz, vestida somente de calcinha e com as unhas dos pés pintadas de turquesa, e cantar à meia-voz músicas que falam de amores corroídos e de verões que curam tudo, e ele se derreteu com aquele flerte sensual, as tornozeleiras e os seios arredondados. Perdoa aquela banda porque é um fio de Ariadne que ele estica para voltar para a placidez da vida quando as coisas o sufocam, um fio que o liga a Marta, e porque ela gosta dos quatro barbudos de aparência molenga e agora, com o nome do quarteto escrito na tela, no metrô, enquanto a velocidade do trem diminui até parar na estação, os exculpa para sempre, porque acabaram de repente com essa agonia onde estava preso desde a noite anterior, quando Marta soou tão franca e deixou cair sobre a cama as palavras que foram susto e que serão mudança.

Somente foi capaz de reagir com uma pergunta:
— Você está bem?
— Sim, Dani, mas estou cansadíssima. Amanhã conversamos com calma.
— Porra, Marta. E agora?
— Dani. Amanhã. Por favor.

Na linguagem íntima gestada durante os anos de relação, o tom de Marta deixava entrever uma bomba-relógio, então ele decidiu ceder, desejando boa noite, como se a cordialidade e as horas que restavam até começar o novo dia pudessem realizar o desejo infantil de abrir os olhos no dia seguinte e perceber que foi tudo um sonho. Com as luzes apagadas, se iniciará um processo sem retorno, e a sua mente se agarrará à ânsia de controle, à necessidade de ter todas as possibilidades perfeitamente estudadas, o que talvez seja o traço que mais compartilha com Marta. Um filho gera um monte de variáveis, pensou com espanto. Passou o resto da noite acordado.

Dentro do metrô, inspira forte para abrir espaço dentro de si para a ordem e a calma. Show, sábado. Não aconteceu nada. *Sim, eu vou!*

Ainda debaixo da terra, no espaço circular da estação da Plaça Catalunya que conecta com o metrô e as saídas de Pelai e Canaletes, um homem canta e toca, com violão e gaita, *Simple twist of fate*. Enquanto a multidão se dispersa em todas as direções, Dani fica preso na voz e na acústica. Para na frente dele e escuta com atenção. Gostaria de pensar que a música é uma simples coincidência, uma ironia do destino abraçando outra ironia, mas, dentro de uma mente dedicada a fabular para ganhar a vida, as casualidades ganham formas concretas. Não parece ser uma simples coincidência para ele. Joga um par de euros sobre o case aberto do violão. Topa com o olhar agradecido do cantor. O homem está coberto de uma pátina gordurosa de andarilho que esconde o artista de sucesso que não teve como ser, que se conforma com o subsolo como único cenário e os transeuntes com suas existências absortas como público fugaz. Dani se pergunta como deve ter acabado ali. Se pergunta também como foi que aconteceu. Por que agora? *A simple twist of fate*. A música deixa de ser um som de fundo para as coisas que acontecem e constata de repente o que já intuía desde a noite anterior: que a partir de agora já não poderá ignorar o que aconteceu. Para sempre, tudo retornará às palavras de Marta, transformadas em coordenadas. Norte. Sul. Leste. Oeste. Estou grávida. Não quero levar essa gravidez adiante. E compreende que serão esses, e não outros, os pontos cardeais que o guiarão através dos seus dias.

Fim de semana
Semana oito

4

— *Kaffee?*

Marta levanta um pouco a cafeteira quando o vê entrar sonolento na cozinha. Ele se queixa do frio. Senta e procura não fixar o olhar na barriga da mulher que ama. Faz umas cinquenta horas que a olha somente da cintura para cima. Descalça, como sempre, ela se move de leve pelos escassos metros quadrados da cozinha. Pela janela entra uma luz desvanecida e o ruído dos vizinhos, que acordam pouco a pouco. A monotonia sonora de todo dia, feita de cafeteiras, vasos sanitários, aspiradores, água corrente de um banho. O edifício é um mosaico de nacionalidades estrangeiras, principalmente de paquistaneses, filipinos e marroquinos, além de italianos, como os três que compartilham um apartamento no mesmo andar que eles. A imigração exterior do bairro se soma a uma interior, de jovens que, como eles, começaram a se mudar de outras regiões mais centrais. *Propriedade histórica*, o anúncio dizia. Não tem detalhes pomposos nem carpete vermelho na entrada, mas o edifício é de 1910 e o teto da portaria é de caixotão; a cereja do bolo é o elevador original, uma bela caixa de madeira nobre protegida por uma malha romboidal de ferro, com detalhes de forja decorando e, dentro, a placa de bronze que indica cada andar. De resto, o uso de "histórico" é apenas uma forma de mascarar um edifício da idade de um matusalém. Mas agora faz quase um ano que ainda compartilhavam a emoção de terem se encontrado e, possivelmente, o delírio amoroso de todos os começos, somado à beleza ilusória de uma portaria, que os empurrou a pronunciar um sim categórico diante do agente imobiliário.

São os locatários da terceira porta do terceiro andar. Mais uma história na cidade.

Ela dá um beijo na bochecha dele e acaricia seus cabelos. Dani não responde. Desliza o dedo pela tela do celular sem realmente prestar atenção em algo. Está com a boca pastosa e a modorra de uma manhã de domingo de janeiro sem planos à vista.

— Quer café ou não?

Marta se esforça para soar natural, contente até, mas custa, agora que os dois sabem que não estão sozinhos.

Conta para ele que foi à padaria e trouxe uma ensaïmada de doce de abóbora, com um registro de voz que não pertence ao repertório da sua vida em comum, e que, quando voltou, a vizinha do quarto andar confirmou que, na reunião de condomínio da semana anterior, aprovaram o orçamento para reformar os degraus dos pátios interiores. Com os dois dedos, ele pega um pedacinho do filamento doce que preenche a ensaïmada e o mordisca, completamente absorto. Percebe a doçura na ponta da língua, uma sensação prazerosa que pouco a pouco o desperta, e escuta Marta, que continua falando com a voz ainda rouca por causa do show da noite anterior. Que sorte que não somos proprietários, ela acrescenta com um sorriso, seria um saco termos de nos preocupar com as obras e tudo mais.

— Sim, nós já temos problemas o suficiente agora.

As palavras escapam dele como um peixe escorregadio, sem tempo de freá-las nem de compreendê-las. Ambos baixam os olhos. Sente-se mal por Marta. Sente muito pelo que acaba de dizer. Até aquele momento, não havia classificado aquilo de maneira nenhuma. *Problema* é a denominação que saiu de dentro dele e parece que o fato de nomeá-lo lhe ajuda a perfilar timidamente o pensamento caótico que o acompanhou nos dois últimos dias. Mas o nome ainda não chega no fundo do assunto, apenas o bordeja, como uma dor de cabeça incipiente.

— Tenho consulta na semana que vem. Na quarta.

Olha para ela, agora já completamente desperto e dedicando toda a sua atenção. Faz que sim com a cabeça, do mesmo modo como poderia fazer um não. Sente-se totalmente fora do lugar, longe de toda lógica. Não tem capacidade nenhuma de responder, como se o tivessem esvaziado de opiniões, de emoções. Quase sem análise, pensa que essa distância lhe cai bem. Que cada dia depende precisamente dessa distância até que chegue a quarta seguinte. Que vai se agarrar a essa distância para caminhar sobre as brasas e não se queimar, que é com essa mesma distância que poderá se blindar até que a notícia de quinta à noite pertença ao passado. Ainda não tem como saber que, quando insinua que pode se organizar para quarta e, se ela quiser, acompanhá-la, não está dando o mesmo tratamento à proposta que daria se planejasse acompanhá-la ao dentista ou ao banco para algum trâmite chato. Não sabe que, quando o terreno é rugoso, não é possível ir na ponta dos pés e esperar que os males simplesmente sejam águas passadas. Apenas sente esse ponto corrosivo de intuição, pouco definido, quando ela diz que não é preciso, obrigada, que não vai demorar quase nada e que prefere fazer isso sozinha. Fazer isso sozinha, ela disse. Fazer isso. E ele pensa que, em todo caso, o que ela vai fazer na quarta é desfazer. Como é óbvio, não falará para ela essa obscenidade léxica. Fica assustado com a imagem que cria. Cada novo detalhe sobre o que aconteceu e o que acontecerá aumenta a sua angústia. Quer que as horas e os dias passem rápido, que tudo se coloque no lugar. Então, sem querer, bate o cotovelo no açucareiro de vidro, que cai no chão e se parte em mil pedaços. O instinto protetor faz ele esticar um braço para frear Rufus, que se aproxima, curioso. O branco cristalizado espalhado sobre os azulejos. Haverá partículas de açúcar e vidro nos ângulos mais recônditos dos rejuntes para sempre. A doçura que cai e o vidro que corta; se quisesse fazer uma analogia, teria a imagem perfeita.

Não faz muitas horas que dançavam no Razzmatazz. As luzes azuladas e malvas banhavam o público muito envolvido. Passou o show olhando para Marta de canto de olho, como se fosse uma nova mulher, uma outra pessoa a quem cabia dar mais atenção a partir de agora. Não acontecia nada com ela, parecia a mesma de sempre, mas ao mesmo tempo lhe acontecia tudo: levantava as mãos, movia a cabeça no ritmo do baixo, sabia todas as letras. Tirava fotos com o celular, abraçava as amigas, riam, amarrava os cabelos, soltava, aplaudia os integrantes do grupo no começo de cada música, comemorava. Sorria, tirava a franja da cara. Movia os braços simulando o baterista, movia as mãos, segurava uma das suas, soltava, pulava, passava uma mão pela nuca, assoviava com os dedos, fechava os olhos, abria eles, brilhantes, tomava goles de cerveja, sussurrava coisas no ouvido dele, coisas que ele não entendia. O quê? O que você disse? Ele achava que a partir de agora Marta somente poderia dizer coisas importantes e, com o barulho, não conseguia entender nada. Cada vez se indignava mais com o grupo porque não deixavam ele ouvir a voz de Marta, a Marta com um problema pulsando dentro dela. O que você disse? O quê? A música apagava todas as pistas. E ela ria, dançava, cantava. A doce introdução ao caos.

— Que merda, Dani, eu adorava esse açucareiro.

A cozinha vira uma revolução em minutos: cão, homem, mulher, vassoura, vidros, açúcar, ordens, cuidado com o vidro, coloca as pantufas para não se cortar, confusão. Depois tudo fica no seu lugar. Algum vizinho escuta reggaeton e os versos de alta carga sexual contrastam com o silêncio no qual a cozinha mergulhou, à espera da conversa que tinham acabado de começar antes da quebra.

— Vou fazer outro café. Não dá pra tomar esse aqui, frio assim.

Não sabem como dar o tranco. Há situações na vida para as quais não há ensaio, estica-se o telão e é preciso improvisar uma jam session sem guia, ritmo ou melodia concreta. Tudo começa com a gagueira de Dani sobre a logística da quarta-feira. Informação sobre o tempo que durará, onde será, o que acontecerá. Em seguida, há três ou quatro indicações breves de Marta que o incomodam muito, até enchê-lo de um sentimento de vergonha pueril. É o vocabulário que ela usa. O tempo retrocede até Dani ter onze anos e um pôster cobrir a lousa da sala de aula com os aparelhos genitais femininos e masculinos. Todo ano a professora passa pelo aperto de transmitir conhecimentos que todos demonstram saber, mas, na realidade, aquele bando de pré-adolescentes rebeldes não sabe absolutamente nada daquilo. A ginecologia pertence à linguagem das mulheres, a certa clandestinidade e certo mistério que bordeja dores e sangramentos que os homens sempre olharam de longe. Um mundo para o qual nunca mostrou o menor interesse além daquilo que o sexo expõe exteriormente: os órgãos presumidos, os oferecidos, os desejados, os tocados e os chupados. E agora, de repente, Marta o empurra rumo ao interior da anatomia de todos aqueles órgãos. Todas as partes físicas que lhe deram tanto prazer, as suas, as dela, se esvaziam da sua capacidade de satisfazer os sentidos e o enchem de uma perturbação humilhante. Encontrar-se cara a cara com a ciência das mulheres o incomoda e, a não ser que aja sob a aparência de homem de ferro para dissimular, não sabe como encarar a situação. Portanto, pesaroso, finge normalidade enquanto se impõe uma férrea disciplina militar. Ajeita bem o óculos, sente o suor frio nas axilas encharcando o algodão do pijama e, em seguida, se prepara para falar.

— Porra, Marta. Não sei nem o que dizer. É que a gente nunca falou sobre isso. Me refiro a isso de ter filhos. Pelo menos a sério.

— Não. Tem razão. — Ela pisca um pouco e rói um canto de unha. Depois o olha como se de repente tivesse entendido a sua própria confusão. — Não, é óbvio que nunca falamos disso! É cedo demais pra gente. Não nos conhecemos tanto, ou sim, não sei, Dani, mas não é o momento. Eu sinto que é grande demais pra mim, e agora não é uma prioridade e, além disso, tenho vontade de fazer outras coisas, você sabe. Conseguir um pouco de estabilidade de uma vez por todas. Minha vida profissional é como um esporte de risco.

Lambe o dedo indicador e com pequenos toques vai recolhendo o açúcar da ensaïmada que sobrou nos pratos. Depois bota o dedo na boca. Está nervosa e as pupilas são dois pontos escuros que não sabem por onde fugir.

Na realidade, queria falar para ele sobre sua independência, sua autonomia, sua liberdade e as ideias que percebe como projetos de vida. Projetos em que pensou e sobre os quais falou com todo mundo, inclusive Dani. Ela se refere à certeza de que há outras maneiras de deixar um legado valioso além de ter filhos. Tenta explicar que acredita que o impulso criativo que sente se assemelha ao impulso de ser mãe. Que talvez para ela isso já seja o bastante. Tenta se expressar com o entusiasmo das intenções que há por trás de cada pensamento, a vontade de ser ela mesma, mas nota como as palavras se enroscam sob o paladar e se reduzem a uma série de frases que não sabem conter a transcendência. A linguagem debilita as crenças e limita os sentimentos. Apesar disso, tenta dar forma à ideia.

— Dar aulas, inspirar as pessoas, se quiser. Não acho que seja bom ou ruim ter ou não ter filhos. Simplesmente acho que, por enquanto, não é algo pra mim. Você chegou a considerar?

— Não, imagina, sem chance. Se pensei nisso, foi algo passageiro, como quem pensa, sei lá, se algum dia vai comprar uma BMW, mas não, não tinha considerado a sério. Imagino que considerar ter filhos seja como considerar se aposentar, quero dizer, é coisa em que realmente se pensa só quando chega o momento.

Porém, em algum lugar recôndito do seu cérebro, a engrenagem da memória começou a funcionar e por isso a negativa de Dani não é totalmente verdadeira. Sua promessa adolescente de nunca abandonar o seu filho começa a emergir. Ele ainda não sabe.

— Acho que sim. É uma sacanagem que esteja acontecendo agora. Que merda, Dani.

— Não fala assim, Marta! Não estamos falando de um aquecedor a gás quebrado, caralho! Não somos nem tão jovens, nem tão velhos, aos trinta ou trinta e cinco anos, sabe? Você diz que não é o momento de considerar, mas imagino que, se há um bom momento pra falar disso, é justamente este. Quer dizer, estamos no momento que as coisas deveriam rolar. Pelo menos eu sinto assim.

— Pois eu ainda preciso assimilar que tenho trinta anos, Dani. E não fala assim comigo.

Ela arregaça as mangas da roupa e coloca o cabelo para trás das orelhas.

— Me desculpa, mas com trinta você já não é mais uma garota, né? Não querer filhos, e não estou falando deste especificamente, mas filhos em geral, na nossa idade e na nossa situação, é uma decisão que tem um toque inegável de egoísmo da nossa parte.

— Egoísmo! Como assim? —Marta fica escandalizada. O borbulhar da cafeteira, o barulho das pernas da cadeira que ela arrasta quando levanta para desligar o fogão, alterada. — Egoísmo seria ter filhos pra não se sentir egoísta.

— Marta, não leve tudo ao extremo, caramba. Me refiro a...

— Imagino que você se refira a se sentir completo.

Dá um corte nele. Serve café fumegante na xícara. Pegam açúcar direto do saco. Ele nega a suposição de Marta. Se refere a uma coisa parecida com a valentia de se manter firme em projetos para o resto da vida e deixar para trás o simulacro de vida feliz onde não acontece nada de definitivo ou comprometedor. Que talvez *egoísta* não seja a palavra, acrescenta, e seria mais adequado dizer que quase ninguém se atreve a considerar ter filhos se o futuro não for otimista, que não são uma prioridade.

— Somos covardes, Marta. E não estou dizendo que quero ter filhos agora, mas é preciso poder falar com propriedade. Por exemplo, olha os meus pais. Com certeza tinham muito menos que nós. Eu e você saímos, viajamos, de tempos em tempos compramos coisas que não precisamos, com a corda no pescoço e labutando como animais, mas fazemos o que mais ou menos queremos fazer. Pra eles não faltava valentia pra enfrentar a vida e, sim, é óbvio que você me dirá que é um tema geracional, mas ter filhos é algo mais velho do que andar pra frente. O que acontece é que agora colocamos isso em outro nível, no nível de mais uma experiência.

Marta nega com a cabeça, tomando pequenos goles de café.

— O erro, Dani, é querer ter tudo. Ter um filho pra se sentir completo. Pra mim, isso é egoísmo.

Ele não fala, mas pensa que o egoísmo é impossível de conciliar com o afeto de uma família, e que não custa tanto reconhecer que o que dá medo de verdade é deixarem de ser quem são para se doarem para outro ser, encherem a vida de medos que agora não têm, iniciarem uma coisa conjunta e para sempre.

— Pois me parece, então, que você não quer levar isso adiante para poder progredir na sua carreira como fotógrafa, é isso?

Ela fica ofendida. Pergunta indignada como se atreve a julgá-la em circunstâncias que dizem respeito somente a ela, a ela e a ninguém mais. Se ele pensa que é fácil isso tudo. Quem dera tudo fosse apenas uma questão profissional. E que não voltasse a colocar em dúvida o que ela pensa sobre esse tema.

— Gostaria de ver você no meu lugar. Não é o seu futuro que está em jogo.

Ele recua e, embora pareça importante compreender o que ela quer dizer com isso, entende que há uma barreira que não pode ultrapassar. Conhece a fúria de Marta, as hierarquias que se estabelecem entre ambos quando têm mínimas discussões. Em poucos minutos a terra tremeu sob os seus pés. Considera que discutir sobre isso é de outra magnitude, que não se trata de um simples cálculo de perdas e ganhos. Ela sai para fumar na varanda e a conversa fica distorcida e incompleta. Limitaram-se a tapar o buraco ligeiramente, a falar da capa de um livro que por enquanto conta uma história alternativa da sua própria vida, e não mais a de uma decisão que será para sempre e que não poderão reverter. Não têm consciência ainda de que serão obrigados a passar por cada uma das páginas desse livro, a ler todos os seus anexos, as anotações e as notas de rodapé. Não suspeitam que acabarão sendo dois especialistas em anatomia forense.

Madrugada de segunda-feira
Semana nove

5

Exterior. Rua. Noite.

Um táxi para e de dentro do veículo saem Lucía e Lara, entre risadas. Lara fecha a porta e o táxi vai embora.

Lara: O cara acha que é um gênio, Luci! O imbecil não para de narrar cada movimento que faz enquanto transa. *(Bota a mão sobre o ombro de Lucía para que ela pare. Tosse um pouco e faz uma voz grave, masculina.)* E agora veja como entro sem pressa. Você sente que te chupo aqui no pescoço e te toco com o dedo?

As duas riem muito. Caminham cambaleando.

Lucía: É uma humilhação sexual absurda! Compre um tampão de silicone pro ouvido, e foda-se.

Lara: Não, não precisa.

Escuta-se a buzina de um carro à distância.

Lara: Já contei pra ele que me deram o emprego em Düsseldorf. Vou embora. Isso já foi o suficiente.

Lucía aperta o ombro dela.

Lucía: Quem não chora não mama, mulher. A partir de agora você não vai transar tanto, mas os seus ouvidos vão agradecer a mudança.

Voltam a rir e entram num local com um letreiro em neon cor-de-rosa.

Leu o roteiro por cima três vezes para se livrar dele o quanto antes. O sensacionalismo caprichoso, a banalização do sexo e as relações pessoais que está criando por obrigação lhe causam mal-estar. Quatro e meia da madrugada. Se convence de que sacrifica as horas de sono em nome da produtividade, mas a verdade é que adianta trabalho basicamente porque não consegue dormir. Pensou em acordar Marta, pedir para conversar. Precisa falar com ela sobre a decisão que tomou.

Não que pretenda alterar o que ela decidiu, mas necessita tentar ordenar as coisas, os dois juntos, entender o que está acontecendo, não analisar clinicamente e com o idioma que ela usou, mas com a medida com a qual se analisa a intimidade; precisa entender como soará a partir de agora um *bom dia*, um *te ligo quando chegar*, ou um *me avisa se não vier pra janta*. Acredita que a musculatura mais interna da relação ficará debilitada ou fortalecida quando a quarta-feira for superada, não tem certeza, mas entende que alguma coisa mudará. Se pudessem prever pelo menos um pouco o impacto da mudança, tem certeza de que ela não os pegaria desprevenidos da mesma forma como a notícia da gravidez os pegou. *E agora?*, é a pergunta redemoinho que não consegue tirar da cabeça. *E agora, Marta?* Queria chacoalhá-la pelos ombros, esbofeteá-la até ela cuspir um futuro mais preciso, até ela garantir que podem voltar ao ponto onde estavam na quinta-feira de manhã, sentados no carro do pai dela, a caminho da loja de móveis, no momento doce que ele demorou anos para saborear. Mas agora ela está na cama, dormindo, e não pode perceber a ira do homem, que por fim se contém e se aproxima somente por um momento, tocando com suavidade a cavidade feita pelo osso da clavícula dela. Tem aquele respirar quente da madrugada de inverno sob o edredom nórdico, com o rosto relaxado, a boca comicamente entreaberta. A energia elétrica de Marta em repouso. Decidiu deixá-la dormir e adiar a conversa. Ele, no entanto, tem algo como migalhas de pão sob a pele, uma ansiedade que não consegue apaziguar.

Escreve vestindo pijamas e um moletom velho que está com os punhos um pouco desfiados. Esmaga o cigarro contra o cinzeiro e deixa ir a fumaça da última tragada. Acha que é irracional parar de fumar antes de quarta-feira, mas ao mesmo tempo olha para o cigarro com receio. Se pudesse, de novo tomaria a decisão de parar de fumar agora mesmo, parece uma decisão tão fácil em comparação com a que Marta tomou, se vê capaz de tudo, mas tem a sensação de que naquela semana o tabaco será um aliado imprescindível. Precisa pensar que a quarta-feira é um ponto de chegada, uma meta, e que, quando atravessá-la, a vida começará do zero, como se esse incidente lhe outorgasse uma segunda oportunidade para fazer as coisas de outro jeito, partindo de uma personalidade renovada, mais responsável talvez. Quando pensa na data, sente uma mescla de arrependimento, gratidão e alívio, mas a sensação de descontrole engole todas as outras.

Não consegue resolver o diálogo. Sente rancor porque a série tem um humor cada vez mais banal, mas é o que pedem dele, o efeito imediato, espontâneo, a anedota irrefletida, que chegue aos millennials, insistiu Clara, sua chefa, na sexta-feira, como se falasse de um grupo e sem levar em consideração que a equipe que dirige é formada principalmente por jovens aos quais essa etiqueta serve. Para ele parece ridículo isso de colocar uma etiqueta em cada geração, e tem certeza de que cada geração pensa que precisa batalhar contra as pressões e as faltas da precedente, que cada nova geração percebe que para a sua é mais difícil do que para a anterior, que é uma geração insatisfeita porque não consegue cumprir as expectativas geradas pela formação que recebeu. Além disso, se pergunta se resta alguma geração por deprimir — e se insistir tanto em agrupar todos sob um nome não faz com que aqueles que se refugiam nele atuem com um vitimismo absurdo. Desemprego, precariedade, nostalgia de uma época melhor. Existem coisas que são sempre atuais, mas Clara, uma mulher com autoridade intelectual, insiste em fazer essa distinção e, de fato, não hesitou em repetir o termo depois de poucos minutos.

— Escrevam as gags como se pudessem ser encerradas com risadas enlatadas, quero personagens passionais, imediatismo, tecnologia, muito sexo, millenials, pro-mis-cu-i-da-de — exigiu, marcando cada sílaba com um movimento de mãos. O problema, na realidade, é que ele não vê a menor graça no que tem escrito ultimamente e sempre defendeu que o humor deve ser uma atitude. Se demonstrar que está em desacordo com o tom que a série está tomando, provoca uma briga absurda com os outros roteiristas, que juram que isso é o melhor para garantir a audiência; e se depois da terceira cerveja, empurrado pelo companheirismo, acaba confessando que tem vontade de explorar todo o potencial de um humor mais sutil, que apele mais à reação interna, apelidam ele de trouxa e, entre pescoçadas e pequenos tapas nas costas, falam para ele não ser estúpido, que, se quiser manter sua posição, é preciso ceder. Não inventaram a roda. Sabe como é difícil manter o nível de uma comédia, muito mais que o de um melodrama. Assim como na vida real, as pessoas são seduzidas facilmente pelos capítulos sentimentais, mas custa muito viciá-las nas risadas. Ser roteirista é estar limitado pelo que se combinou, ele aceita, seria uma loucura não fazer isso, mas não consegue compreender que os outros se sintam confortáveis com a virada de tom que houve na série. Culpa parcialmente Clara, a nova responsável. Ela acabou de chegar na produtora. Excepcionalmente, na sexta-feira, reuniu todo mundo num dos escritórios da empresa. Não estão acostumados com isso. Até então, trabalhavam à distância e as reuniões aconteciam sempre na casa de alguém. Sentados ao redor de uma mesa de vidro, tudo ganhava um aspecto que lhes parecia grande e os deixava alertas.

Clara: calça de alfaiataria e camisa de seda. Alta. Caminhava com as mãos nos bolsos, fazendo círculos em volta da mesa. Dani reparou na protuberância suave que marcava a seda na altura dos seios e imaginou os mamilos endurecidos dentro dos bojos do sutiã. Os ombros amplos, os ossos da bochecha bem marcados. Ela tem vinte anos a mais que todos eles. As mulheres da equipe, que nessa produção são a maioria, a veneravam com o olhar. Também pensou nela de roupas íntimas. Ela faz seu tipo, mas a considera antipática, incomodada consigo mesma. Isso fica evidente no final de todas as frases, com aquele falsete de autoridade, como uma mensagem de emancipação na forma de boas-vindas com a qual chicoteava o pessoal para ensinar como ela quebra o teto de vidro, cansada de precisar demonstrar que merece aquele cargo devido à sua ambição e ao seu esforço.

Na sexta exibia uma atitude um pouco falaz, uma sobriedade em que nem ela mesma conseguia acreditar. Comunicou que entra na produtora ambicionando renovação e com vontade de fazer mudanças e informou também que, naquele momento, não queria saber de detalhes pessoais de nenhum membro da equipe, embora não tenha olhado nos olhos de ninguém quando disse isso. Argumentou que isso os ajudaria a trabalhar de forma mais objetiva. Para Dani, essa frase pareceu ter saído de um manual de coaching para principiantes e intuiu que, se ela puder apunhalá-los, ela vai. Ficou refletindo sobre quais detalhes pessoais contaria se tivesse a oportunidade. Confessaria que, na realidade, queria que fosse ele quem dava voltas na mesa de vidro, não por ambição, nem pelo cargo, mas porque gosta da série e sabe como melhorá-la. Mencionaria também seu desejo mais latente, o de escrever e dirigir o filme que está na sua cabeça há anos, lamentaria sua estagnação profissional, mas diria que não encontra nenhum jeito de sair dos compartimentos cada vez mais estreitos em que se sente enquadrado. Diria também que, além disso tudo, faz três dias que não dorme e que, com os olhos fincados na escuridão, sabe que a sua angústia não tem nada a ver com a ficção, pois a realidade é mais palpável do que nunca, e que, ainda que seja verdade que apareceu um problema, ele veio acompanhado de uma solução. Ele deveria se sentir aliviado, não ter insônia. Afinal, Marta não deixou espaço entre a frase um e a frase dois. Estou grávida. Não quero levar essa gravidez adiante. Foi concisa, rápida e breve como um telegrama. Por que se preocupar então? É uma mensagem sem nenhuma confusão possível. Tudo parece indicar que na quarta-feira aparecerá *Fim* na tela do filme mais intimista das suas vidas e as preocupações vão acabar em fade-out.

A contragosto, salva as alterações no texto em meio ao silêncio do apartamento, quebrado agora pelo caminhão do lixo. Observa-o desencantado pela janela, por onde entra a luz azulada da madrugada. Um trabalhador desce da cabine do caminhão e, enquanto a cidade dorme, grita alguma coisa para o condutor. O frio do inverno acompanha os movimentos rápidos do sujeito, que move as lixeiras com brusquidão. Dani imagina uma vida para ele. Preenche as pessoas de camadas e as adapta à ficção. Se distrai elucubrando que os trabalhadores da limpeza devem ter um bom salário. Não é lá grande coisa, mas um salário digno, no fim das contas, e tudo está nas suas mãos, ele pensa. Se reivindicam um aumento salarial, podem ameaçar com uma convocatória de greve que mandaria a cidade à merda. Ele não tem esse poder, sabe muito bem que neste país a criação não fede nem cheira. Quando o Sindicato de Roteiristas dos Estados Unidos paralisou Hollywood e a produção televisiva por mais de cem dias, ele murchou, sentindo-se mais invisível e precarizado do que nunca. Tem certeza de que tudo seria mais fácil se fosse o herói anônimo vestido de cores fluorescentes que vê pendurado no caminhão. Chegar em casa quando o dia está raiando, tomar banho com o trabalho feito e a alma limpa. O barulho do motor o faz voltar à realidade, o compressor, a descarga das lixeiras, o aviso acústico. Olha de novo para o roteiro. Tem plena consciência: escreveu *Düsseldorf*, e não *Berlim*. Lara encontrou um emprego em Düsseldorf, mas é muito mais comum encontrar emprego em Berlim, e não é necessário mencionar que situa o espectador instantaneamente, então coloca o cursor sobre *Düsseldorf* para selecioná-lo e eliminá-lo. Sabe que Clara não aceitará Düsseldorf. Berlim está na moda. A cidade aparece em toda crônica geracional, se transformou no destino de todos os náufragos da crise, o epicentro da esperança para muitos da sua geração.

Não sabe quanto tempo se passou desde que eliminou *Düsseldorf* do roteiro. Resignado, escreve *Berlim*. Dessa forma, Lara, essa personagem por quem se apaixonou desde o começo e que devia encarnar a visão despreocupada do erotismo e do sexo de uma mulher urbana de trinta e poucos anos do século 21, que ele pensava que seria o canalizador para se reconciliar com o gênero da comédia, finalmente irá para Berlim, mas basta vê-lo escrito na tela para constatar que o nome o transtorna, que ativa uma espécie de mau agouro que o deixa letárgico. Encara por um bom tempo enquanto o cursor fica piscando, esperando a sua decisão final ao lado da última letra.

As poucas horas de luz no inverno e a cor cinza. Mau humor. Neve suja nas bordas das ruas. Os amigos longe, a mãe também longe. Já não têm vinte anos e ainda são tão escravizados pelo anzol da liberdade.

— Mas como assim, cinza... Você ia adorar, Dani! É uma galeria de arte ao ar livre.

Ontem Marta mencionou mais uma vez. Já fazia meses que não falava disso. Ele se ofende bastante com a insistência de Marta nessa possibilidade tempos depois de irem morar juntos; há poucas semanas, inclusive, surpreendeu-o com uma notícia que ainda o desagrada: havia se candidatado para uma vaga na Meyer Riegger, uma galeria de arte de Berlim que, parece, precisava de alguém para fazer a montagem e a documentação das exposições. Ainda que ela tenha dito que havia poucas possibilidades, ele entendeu isso como uma confirmação de que Marta não sente que o apartamento que compartilham seja um projeto de futuro, mas que, em vez disso, o concebe como um mundo frágil, do qual talvez possam se desfazer a qualquer momento. Compreende que o que os diferencia não somente se nota nas músicas que marcaram a vida dele e a dela, mas também nas expectativas que colocam em tudo que ainda há de vir. Se ele olhar para trás, imediatamente lhe vem à mente uma época quando também era governado pelo desejo de alimentar a inquietude, fosse qual fosse. Sabe que ela tem todo o direito, que não pode roubar isso, nem a vontade, nem Berlim. Tem argumentos sólidos: o apartamento da avó, infinitas possibilidades e oportunidades como artista, mudança de vida, futuro. Ainda assim, há alguns dias ele se via capaz de fazer uma lista de motivos bem convincentes para não dar esse passo; mas desde a notícia da gravidez, Dani emudeceu. Além disso, com o passar das horas, a diferença de caráter entre ambos que os equilibrava começou a desequilibrá-los, a se transformar num aborrecimento que se interpõe entre suas vidas com tirania. Em Berlim, ela vê cores, possibilidades, grafites, mercados de Natal, amigos de amigos que lhes dariam uma mãozinha, uma galeria para expor, o bairro de Kreuzberg e o vinho quente. Ele, por outro lado, se prende à lembrança de *Asas do desejo*. O ponto de vista monocromático dos dois anjos de Wim Wenders deambulando perdidos pela cidade. Se sente mais próximo desses espectadores celestiais do que da vontade real de Marta de tomar uma decisão e se instalar em Berlim.

Berlim. Selecionar tudo. Eliminar. Volta a escrever *Düsseldorf* com aquela sombra de agonia inconclusa no estômago. Salvar.

Segunda-feira
Semana nove

6

Escolheu a Jordânia porque nenhum dos dois já tinha ido para lá. Pareceu a ele o presente perfeito para os trinta anos de Marta. A viagem cumpriu com as expectativas. Retornaram renovados, de bom humor. Souberam esticar cada pôr do sol, a emoção, a luz de Petra e as noites no deserto assim que se instalaram de novo no seu dia a dia de asfalto, tijolos, turistas, trânsito e andaimes. Para ele, viajar é um conceito grandiloquente, pertence à dimensão dos presentes, dos prêmios, dos extras. Para Marta, viajar faz parte do cotidiano. O seu trabalho inclui se deslocar com frequência. As viagens lhe geram renda e clientes, mas também amizades, prazer e desconexão. Viaja como seus pais faziam antes, e o faz mecanicamente, como alguns dos seus amigos, como inclusive Dani acabou fazendo, embora considere isso perverso. São filhos da democratização das viagens. Ele não pretende conquistar destinos, não curte tanto o traslado físico quanto descobrir pérolas nas margens, os momentos irrepetíveis, tudo que é inesperado, as pessoas. Frequentemente olha para os poucos carimbos que tem no último passaporte, em cada página deixa divagar uma satisfação adulta que nasce da limitação de sonhar acordado de quando era criança. Secretamente cede a uma nostalgia antecipada do momento em que terá de renová-lo e os carimbos dos países onde esteve desaparecerão, junto com o registro da emoção de um momento concreto. Quando criança, tinha uma mala pequena, uma quinquilharia com as bordas de couro gastas na qual guardava coisas que entesourava: o paraquedista de brinquedo, uma águia do espaço já inútil porque seus fios tinham se enrodado de um modo impossível de desfazer, figurinhas de *Dragon Ball*, um exemplar de *Tintim e as sete bolas de cristal*, bonequinhos de plástico dos Smurfs. Na mala, também guardava um atlas mundial que tinha sido do seu pai. Ele trabalhava numa gráfica. Uma vez presenteou Dani e sua irmã com uma caixinha de madeira com os moldes de chumbo das letras dos seus nomes, de quando as impressões eram preparadas manualmente e cada palavra era criada letra por letra. Ainda guardam elas. O atlas já é fruto de uma máquina de impressão offset. O pai era impressor, usava um avental azul, se ocupava com a maquinaria, às vezes suas mãos tinham cheiro de tinta e solvente. É uma das poucas lembranças que guarda dele. Não se reconhece na lembrança do pai, mas abrir o atlas sempre significou acreditar que foi filho dele, que foi filho de um pai.

Aprendeu a acreditar nas lembranças que emparelham os relatos reais com os imaginários.

Quando criança, observar o mundo pelo atlas era adquirir uma personalidade múltipla: por um lado, se encantava com a mesma fascinação que ainda sente agora quando revisa as páginas com carimbos do passaporte; por outro, sentia a privação, um tipo de inveja que o fazia deambular entre pensamentos de inferioridade que se tornavam cada vez mais evidentes à medida que se transformava num adolescente rodeado de muitos outros que falavam de viagens que ele ainda não tinha feito. Abrir o atlas do pai era possuir um mundo deitado sobre a cama, percorrendo suas fronteiras com o dedo, a revelação de que um dia os verões seriam para voar um pouco mais além da cidade da sua avó. As poucas economias que guardou ao longo da vida adulta sempre serviram para estudar, pagar o aluguel e viajar. E quando planeja as viagens, continua sentindo o mesmo encanto de sempre. Apesar do fato de que agora viajar perdeu qualquer rastro de exclusividade, sente, ao mesmo tempo, que já está tarde para poder curtir em outras condições. Gosta mais da lembrança do mundo quando ainda não havia caminhado por ele e os lugares pareciam mais distantes, mais inóspitos, menos lotados de gente.

Olha fixo para o calendário pendurado no escritório, passa um par de páginas para trás e imediatamente depois olha para o relógio.

— Estou com nove semanas — Marta mencionou no dia anterior, enquanto acendia um cigarro.

Era a primeira informação que continha pistas valiosas sobre aquilo que constituía o *problema*. Ficou olhando a mulher jovem, sã e inteligente que abria a janela da porta da varanda para deixar a fumaça sair. Com o olhar perdido, ela brincava com a rodinha do isqueiro, e ele não foi capaz de completar a informação. É um silêncio novo, cauteloso, que veio para ficar, mas, à medida que passam as horas, ele começa a precisar de detalhes que o ajudem a entender. Concretude. Se atreve a jogar o tempo para trás, arrastado pela necessidade de organizar os fatos e poder se aproximar deles da maneira mais objetiva possível. Se atreve a calcular quando e onde aconteceu aquilo, como se seguir seu rastro fosse crucial para esse não-querer-saber-de-nada que, com a passagem das horas, começa a intuir que não se sustenta de forma nenhuma. Decide adotar o pensamento racional, começar a fazer conjecturas de fatos concretos e, para isso, a gravidez eclipsa tudo que viveram na Jordânia e reduz as lembranças da viagem a uma coisa só: o sexo. Se esforça para se lembrar de cada uma das pegações, cada rala e rola durante os dez dias em que estiveram lá, há pouco mais de dois meses.

Dentro do avião, a caminho de Amã, quase às escuras e sobrevoando algum ponto do mar Mediterrâneo, lembra como se sentia excitado. Não era apenas o relaxamento de realizar uma viagem na baixa temporada, nem a surpresa do presente, que dera certo, tampouco o fato de ter conseguido juntar o dinheiro necessário à custa de horas de trabalho extra, mas sobretudo a presença de Marta, que estava radiante com aquele ar de aventura e umas calças de algodão que desenhavam a curva de suas nádegas, que ele percorria com as mãos enquanto ela se inclinava sobre ele para se aproximar da janelinha e em voz baixa lhe dizia que possivelmente estavam sobrevoando a Grécia e que com certeza lá embaixo alguma criança grega olhava para o alto e acenava com a mão.

Na primeira noite, ela quis fazer amor. Chegaram tarde no hotel. Marta não conseguia dormir e estava divertida, brincalhona. Dani, apesar do cansaço da viagem, cedeu docilmente aos seus dedos, seus lábios e àquela conhecida intensidade dela que ele sabia aumentar. A fricção dos corpos, a cadência que adotam. Ainda irradiam beleza quando se irmanam. Lembra de observá-la depois, enquanto ela estava tomando banho e ele escovava os dentes. Acha ela sexy e, ao mesmo tempo, fica encantado que, por mais que ela tente, por mais que se esforce em manter um ar de transcendência, não consegue mais se desprender de certa doçura; estava alegre como uma criança por causa das dimensões do chuveiro, que eram três vezes maiores que o seu diminuto banheiro no Poble-Sec. Saiu pingando e ele alcançou uma toalha. Os hotéis são a perdição dos que pretendem ser coerentes com a sua austeridade. Grande defensora de viver com poucas coisas, Marta se deixava levar pelo impulso da novidade e reunia todos os sabonetes e potinhos de cremes hidratantes e xampus dispostos sobre a pia. Olha, cheira esse. Fechava os olhos, entusiasmada. Quando agora se lembra dela toda nua e revive a cena cálida dentro do banheiro, ao invés de se excitar, se emociona; o vapor no espelho, a pele brilhante e limpa do rosto dela, o corpo relaxado, a sensação de quietude ao seu lado; percebe como precisa dela, como gosta muito dela e como cresce o impulso de cuidar dela, ainda que seja uma mulher totalmente independente, charmosamente sexual e livre. Dois anos depois de tê-la conhecido, Dani já aceitou que pela primeira vez poderia dizer que é a mulher da sua vida, desta vida de agora, pelo menos. Não se lembra de ter dito isso para ela, mas é que tampouco estivera com uma mulher desse jeito, muito menos tinha morado com uma namorada por tanto tempo. Não sabe muito bem como dizer essas coisas, e ela sempre lança por terra o mito do amor romântico: a monogamia, a vida como um projeto em comum, que tudo se possa salvar através de uma relação. Amá-la assim, como quem não quer nada, parece um plano viável, pelo menos até agora. Ele é alguém que acreditava ser perfeitamente capaz de se virar sozinho, de poder viver à margem da ideia romântica de amor e família, um idealista um pouco cínico, alguém ainda agarrado à saia de uma mãe exageradamente vitimista. Fiel aos amigos, mas com a necessidade de estar sozinho agachada atrás da porta, esperando para sair e atuar como se fosse a rainha da casa. O trato com os outros às vezes é completamente prescindível, e Marta parece também precisar do seu espaço com bastante frequência. Assim, a convivência interrompida com regularidade por viagens a trabalho os transforma, de certo modo, num casal perfeito. Antes de conhecer Marta, o trabalho permitia a ele seguir sem muitos luxos e se, de tempos em tempos, a solidão e a rotina o absorviam, caía bem cometer algum excesso social e conhecer alguma moça, curtir a intimidade dos corpos desconhecidos e nada além disso, não precisavam se ver de novo. Para ele, há ficções — livros, séries — que duraram muito mais tempo que a maioria das suas relações. Nos últimos anos, o Tinder, como uma pequena indústria fornecedora de amantes fugazes, fez com que isso fosse ainda mais exagerado, oferecendo um serviço de relações sob demanda que curtiu a mancheias. A princípio, aquele mundo dos encontros, com o ar desprezível de descartar mulheres com tanta facilidade, parecia complexo. Se incomodava com as dinâmicas renovadas de atração e sedução entre um homem e uma mulher, a objetividade nada dissimulada, mas acabou se moldando àquilo com facilidade. Logo entendeu que trocar informações previamente para saber de cara que do outro lado não havia expectativas românticas era um grande passo para não ter que enfrentar as consequências de algumas situações imprevistas. Além disso, a grande mudança era a margem de tempo: tempo para ocultar-se, para pensar sobre a resposta, para duvidar, a morbidez gratuita de criar diferentes identidades. Não era o caso de flertar sendo ele mesmo. A tela e o jogo virtual lhe davam uma intimidade que o melhorava graças à sua criatividade, e nisso ele era o melhor; passava o dia no trabalho criando personagens e os tornando verossímeis. Depois, já no cara a cara, as táticas de roteirista não serviam para nada, e o sexo que praticava com as mulheres que apareciam ao seu lado ao deslizar o dedo para a direita era superficial e categoricamente insatisfatório, mas ainda assim agradecerá eternamente ao aplicativo pela leveza dos adeuses indolores. E então um dia apareceu Marta. A pessoa inesperada. Não surgiu de aplicativo nenhum, tampouco da sua imaginação. Há pessoas que somente podem existir na realidade. Se ele tivesse criado uma personagem assim, seria até inverossímil.

Não se sentaram nunca para falar a sério de um futuro juntos, tampouco interessa fazer isso. Empurram os dias de forma amena. Continuam buscando a diversão. Com o aluguel do apartamento, selaram uma espécie de pacto não escrito que estabelece a vontade de compartilhar. O afeto e o calor do sexo, sim, a amizade também, mas sobretudo esse cuidarem-se novo, um tipo de recolhimento. Uma intimidade física que vai além das palavras. A sensação de que, dois anos depois, a vida deixou de ser aquele jogo que começaram juntos. E de repente, naquela argamassa, acrescentou-se um elemento imprevisto, um descuido, um giro na trama principal que demonstra a fragilidade dos períodos entreguerras. O frágil equilíbrio que leva a deixar uma etapa da vida para entrar na seguinte.

Dentro do banheiro, em Amã, rodeados pela falsa segurança dos confins de um quarto de hotel, ainda eram apenas eles dois, equipados somente com o encanto e a liberdade. Dani se pergunta agora se podia ter acontecido durante aquela primeira noite na Jordânia, ou se o banho teria retirado qualquer rastro genético. Uma multidão de cenas de sexo com Marta relativamente recentes se projeta nele. Determina precisamente os lugares, tenta lembrar se alguma coisa falhou, se fizeram algum comentário, diria que engendrar deveria estar ligado a algum ritual notório, e ainda que tenha ocorrido inesperadamente, deve ter ficado registrado através de algum detalhe em destaque. Mas, além do bom tempo que passaram, não tem pista alguma de onde nem quando aconteceu. Em todos os roteiros ruins e previsíveis, as camisinhas estão furadas ou os anticoncepcionais falham, mas ele sabe muito bem que Marta faz listas, organiza os livros alfabeticamente pelo sobrenome dos autores, lembra os números de telefone e as placas dos carros de memória, tem um Excel com as despesas mensais e também tem um controle rigoroso do seu ciclo menstrual. Dentro das respectivas parcelas de silêncio, Dani enfraquecerá, paralisado ao se ver envolvido num erro tão comum. Nela, por outro lado, surgirá uma decisão que não terá nada a ver com as dúvidas que o consomem: na vida real, assim como na ficção, os planos nunca estão estabelecidos pelos deuses, é ele quem se dedica a planejar vidas escritas, como é que não teve como prever que isso poderia acontecer? Agora acredita sinceramente que as histórias o buscam, que não é ele quem as escolhe, e com a tela ainda em branco, somente com o título *Capítulo noventa e seis*, entende que o roteiro da vida está sendo escrito agora, com um contratempo. O que o preenche com um sentimento embriagante é que não pode evitar de encontrar certa beleza nisso tudo. No fim das contas, está escrevendo junto com Marta essa história e quando agora escuta que ela bota a chave na fechadura, abre a porta e arfa um *oi* cansado, percebe o apartamento como o cenário de uma peça de teatro em que cada um interpreta uma gag de si mesmo: ela o informa, gritando às pressas, que esqueceu uma lente. *Você acredita? A modelo já está vestida e não encontro a merda da lente*, diz para ele, que escuta ela abrir e fechar gavetas no quarto. *Você tem moedas? Vou pegar um táxi, se não me matam*, e ele, confuso, apalpa os bolsos e encontra alguns centavos. O subconsciente o trai. Esqueceu uma lente; olha ela, tão linda correndo de um canto para o outro, os óculos de sol na cabeça, o cabelo preso, a roupa confortável para encarar uma sessão de estúdio com o nosso filho lá dentro. E então o mundo se reduz àquela expressão e ele compreende que acaba de aceitar o único jogo que pode jogar agora mesmo: o da linguagem. Designou-o, deu-lhe um nome. Nosso filho. A lógica secreta de toda a existência. É suficiente nomeá-la.

Ela se aproxima dele com pressa e dá um beijo na sua cabeça.

— Até à noite. Escreva bastante!

Dani gira e, sem levantar da cadeira, pega ela pela cintura e bota a mão no seu ventre. Sua mão forte e firme transformada numa carícia.

— O que foi?

Ela se afasta e dá um tapa nele.

Batida da porta.

No cenário resta apenas ele, gestante não sabe de quê, se de uma cena ou de uma nova vida.

7

O tapa de Marta lhe pareceu exageradamente melodramático. Um insulto sem palavras que contém uma mensagem de menosprezo e advertência. A ferocidade implícita no tapa o deixou desconcertado. A sós com o cachorro, adota sua pior expressão de contrariedade. Vem à sua mente o tapa de Glenn Ford em Rita Hayworth em *Gilda*. A cabeleira dela chacoalha com elegância. No seu caso, no entanto, os óculos pularam e ficaram pendurados na diagonal de um jeito grotesco. Seu humor dança entre o ridículo e a contrariedade, mas não é capaz de retraçar o que deu nele para acariciar a barriga dela. Carícia e tapa como respostas arbitrárias à estranheza, à ingenuidade. Nada a ver com o roteiro emaranhado daquele filme emblemático. Imagina que o mais razoável é pedir desculpas, mas imediatamente depois pensa que, na realidade, é ela quem deveria se desculpar. Lava o rosto com água fria, energicamente, enquanto se obriga a blindar-se de qualquer afeto. Volta atormentado e nervoso para o escritório, decidido a volatilizar aquele universo novo que habita há três dias. Com sua fraqueza exposta e entre murmúrios, dá voltas pela sala de jantar que usa como escritório enquanto afirma que já passou, que vai parar de pensar nisso agora mesmo. Que vai esquecer. Senta diante da mesa do escritório, convicto, toma um ar e olha de novo para a tela. *Capítulo noventa e seis*. Mas a gravidez volta a monopolizar seu pensamento. Bate com o punho na mesa, o que sobressalta Rufus. Tira os óculos e esfrega os olhos. Quando o celular toca e aparece o nome de Clara na tela, bufa. É a mesma sensação de falta de vontade de quando toca o despertador. Olha para o celular e deixa tocar várias vezes enquanto pega um cigarro, sai para a sacada e fecha a porta atrás de si. Rufus levanta a velha cabeça do chão para controlar o dono através do vidro. Da sacada, Dani vê boa parte da rua Blai, a artéria principal do bairro. Ele frequentemente rouba histórias e personagens dos que povoam o pequeno calçadão cheio de bares. Onde antes havia uma sapataria, uma mercearia, um quiosque ou uma loja de brinquedos, agora há bares, franquias e espaços comerciais que pertencem a pequenos empresários. É inverno e ainda não abundam turistas. Umas estudantes de ensino médio caminham desorientadas, com as pastas contra o peito, e riem entre confissões, caras iluminadas, aparelhos dentários, saias plissadas e meias logo abaixo dos joelhos, um uniforme eternamente mal-adaptado à carnalidade de corpos que explodem com a juventude. Um pouco além, chega a ver o dono do kebab, recostado na parede descascada e falando no celular, e uma garota magrebina, que varre a entrada de um estabelecimento que anuncia cuscuz e tagine de frango e de vitela. Na primeira temporada da série, o episódio em que Lara se escondia num locutório para não dar de cara com o desconhecido com quem foi para a cama na noite anterior e se fazia passar por turista desorientada foi um absoluto sucesso. Escreveu inteiro da sacada do apartamento num agosto mormacento, tipicamente barcelonês, observando a entrada de um pequeno negócio, um locutório que depois ele mudaria de nome. Mushtaq. Por meses os companheiros da série o chamaram assim, Mushtaq. Gostava daquilo, de ser o centro das atenções por causa daquele sucesso, por aumentar a dopamina dos espectadores sozinho, escrever o episódio de uma vez só, respondendo com humor irreverente às contradições e aos paradoxos da vida de uma mulher independente, com as coisas muito explícitas em relação a sexo, declaradas com frivolidade e sem lições moralizantes. Acredita que a realidade é rígida demais e que o humor é uma trégua que promete liberdade.

— Oi?
— Dani?

É a primeira vez que fala a sós com Clara. De pronto, ela o trata com uma amabilidade que o sobressalta, como quando algum telefonista pergunta seu nome para se dirigir pessoalmente a ele e logo depois oferece um sistema de osmose para a água.

— Ei, Clara... Como vai? Então, não terminei o capítulo, mas é que ainda nem são onze horas.

Não é sobre o capítulo noventa e seis que quer falar, mas sobre o anterior, ela diz, agora com o tom distante que ele lembra ser o dela. Quer que reescreva aquilo de Düsseldorf. É para ser Berlim, certo?

Lá embaixo, na rua, as pessoas caminham com pressa. Um furgão de distribuidora estacionado sobre a calçada provoca uma discussão acalorada. Umas mulheres com carrinhos de compras e porta-moedas na mão param para olhar. Há um cachorro mirrado que solta constantemente uns latidos agudos. O barulho amortece ao seu redor. Solta a fumaça antes de responder. Quando se trata de conquistar a cumplicidade do espectador, nada melhor que rir do morto e de quem o vela, mas para ele não há graça nenhuma na coincidência entre o enredo da série e sua vida pessoal.

— Você não acha que Berlim está batida demais? — ele diz a ela e em seguida fecha os olhos, consciente de que seu argumento é vazio. O dono do furgão dá a partida, lançando uma ladainha de insultos a todos os espectadores.

— Como assim?

Sabe que é impossível fazer Clara entender que o incomoda muito incorporar Berlim à série sem que ela o considere um demente maníaco que somente quer procurar pelo em ovo. Sabe que não vale a pena mostrar tão abertamente para ela as suas manias, mas se considera um sujeito de princípios e decide optar pela sinceridade. Explica que ele precisa se sentir à vontade com o que escreve e que há coisas na sua vida pessoal que neste momento o inquietam, como a vontade de

Marta de deixar Barcelona para viver em Berlim; mas quem diabos é Marta?, Clara pergunta, e logo depois começam uma daquelas conversas entrecortadas, impróprias entre dois profissionais, com frases inacabadas, até que Clara o interrompe.

— Olha, Dani, não posso perder tempo. Se não quer mudar, deixa que eu mudo, não tem problema. Berlim. Certo? E se ainda estiver disposto a fazer parte deste projeto, a partir de agora seria bom que se limitasse a escrever o que eu te peço e deixasse de lado os problemas afetivos. Engole o choro. Está claro?

Dani mastiga as bochechas por dentro, odiando-a profundamente, mas sucumbe, de má vontade. Se despede do jeito que consegue e imediatamente depois se apressa a encontrar o documento do capítulo anterior. Escreve *Berlim* sentindo-se um perdedor e, enquanto digita, cada uma das letras ri da sua cara. Anexa o documento à mensagem e envia a ela, murmurando um *vai à merda* que não consegue segurar. O sentimento de humilhação cresce. É um combustível potente. Acumula anos de trabalho e tem que assumir que quase sempre acaba fazendo o que os outros querem. É um lugar perigoso para cair e se refugiar. Felizmente, uma pessoa não se acostuma a viver rodeada pela derrota.

8

O perdão se delineia como um desafio. Não tem notícias de Marta. Quem ligou para ele algumas vezes foi sua mãe. Ignorou até que, às oito e meia, com intensa irritação e certa culpa, ligou para ela enquanto passeava com Rufus, quando fechavam os comércios e abriam os botecos para mostrar o seu esplendor de pintxos, porções e tapas. Não é possível ver as nuvens no céu da noite, somente intuí-las, mas, desde a metade da tarde, lá no alto, elas se mantêm agrupadas para limitar a alegria.

Demorou a ligar para a mãe porque teme sua intimidade feita de lamentos. *Como você está?*, pergunta. Ela solta as queixas habituais: a dor nas costas, a dor nas pernas, o médico, os nervos. Imagina ela do outro lado do telefone, sentada no sofá, a televisão sem volume sintonizada em algum programa de fofocas, acariciando a pequinês fêmea de olhos estrábicos perfumada de alguma coisa com aroma de talco. É bem possível que esteja lixando as unhas. Tem uma obsessão perversa com as mãos. Quando era jovem, antes de conhecer aquele que seria o pai da sua filha e do seu filho, abandonou os estudos e começou a trabalhar numa loja de aves e leguminosas no mercado do bairro. Em decorrência da morte do marido, seus nervos irromperam como um epicentro de autodestruição e com os nervos começaram as visitas aos médicos, os ansiolíticos como os melhores aliados, as licenças médicas que foram se repetindo até que a loja do mercado não teve mais como assumir tantas faltas e a despediram. Sempre cansada e atordoada. Lembra dela assim. Pouco tempo depois, conseguiu um emprego de ajudante num salão de beleza do bairro, onde trabalhou até se aposentar, há três anos. O contato diário com a água e as misturas de produtos químicos das tintas e descolorantes acabaram provocando dermatite e reações diversas nas mãos. Ela gostava de acrescentar que *tenho-uma-predisposição-reforçada-pelo-estresse*, leu isso em algum lugar, ou talvez em algum momento um dermatologista deu esse diagnóstico; pronunciava tudo de uma vez, como uma palavra só, sempre pronta para aparecer na conversa, como se sofrer de estresse tivesse um valor que a igualasse ao resto, uma posse material que a tornava alguém nessa sociedade de moral calvinista. O estresse, de alguma maneira, equivale ao seu status social. Ele sempre quis uma mãe lutadora, feroz, capaz de matar pelas suas duas crias. Dani sempre quis acreditar que a sua mãe foi feita para coisas maiores, como mãe, como mulher. Se o seu pai não tivesse morrido, ela teria se transformado na quintessência da nova mulher trabalhadora dos anos 90, liderando a casa e um negócio próprio, com todas aquelas ideias que tinha de criar moda infantil, que a avó costuraria. Pouco tempo após Dani nascer, ela falava em estudar design de moda e modelagem. Mas a energia, a alegria e toda a doçura que tinha e que sabia espalhar com aquelas músicas que inventava, com as histórias infantis para a hora de dormir, tudo aquilo que contava dos tesouros, dos bosques, das fadas, dos monstros bons e solitários, se interrompeu com a doença do marido. Como se tudo tivesse se enquistado dentro de uma rocha dura junto com a sua faceirice, seus cílios longos, a delicadeza das maçãs do rosto e as feições pequenas. Aquela mulher jovem toda reclusa dentro de uma rocha, tingida de cor escura, fúnebre. A cor preta sem dúvida poderia indicar sofisticação e magia, mas ela ainda agora é coberta de receio. Entrou para a paróquia do bairro de uma forma exagerada e os seus dias se encheram de catequeses, velórios e círios pascais. Decidiu deixar a vida feliz para um outro mundo, assim tinha a segurança de que estar bem não dependia dela. O além foi a sua maneira de resolver o problema. Ter fé em alguma coisa. A sociedade se abria para o otimismo, para o consumismo, Bobby McFerrin cantava *Don't worry, be happy*, os prazeres pareciam acessíveis, todo mundo queria ganhar dinheiro, as praias de nudismo ficavam cheias de gente, o divórcio se normalizava, as igrejas eram abandonadas, mas ela caminhava na direção contrária, sempre tão resignada. A parafernália da liturgia a tinha tornado tão desengonçada como um tapete de crochê de tecido encerado.

Dani vira a esquina enquanto ela continua falando de umas pílulas que parece que estão fazendo bem para ela, mas ele já está dentro da concha que levou tantos anos para construir. De lá, emite monossílabos, *sim, é, sei, hum, não, ah*. A ideia de envelhecer e parecer-se com sua mãe o aterroriza, mas se sente péssimo quando pensa nisso. Ele a ama de uma forma orgânica. Entre eles ainda perdura um rastro antigo de prolactina que os conecta desde a amamentação. Parece que ela a verte um pouco a cada marmita de comida que entrega a ele quando se veem, de tempos em tempos, em algum domingo, embora não saibam mais o que dizer. Aprenderam a manter um mínimo de contato, de modo fragmentado, ligações telefônicas e visitas esporádicas. Dani a ama. Ele a ama por uma foto que guarda de quando ele nasceu, na qual ela lhe dá um beijo na frágil moleira com os olhos fechados, ama-a pela lembrança vaga daqueles primeiros cinco anos esplêndidos, de quando ela esquecia das suas necessidades para se dedicar à sua prole, ele a ama porque a *abuela* repetia sempre *no hagas enfadar a tu madre que te quiere muchísimo, la pobre*. Mas esse acréscimo, como uma coda para reforçar o caráter de vítima, sempre o fez pensar que, no fundo, ele a ama porque uma mãe mártir deve ser amada.

Os nervos, esses nervos, ela repete como um mantra do outro lado do telefone. Considera um ente, uma coisa orgânica, como os glicídios ou os lipídios, e contêm uma infinidade de conotações, desde as médicas e psicológicas até as de caráter cotidiano. Um fantasma perverso, um amigo invisível que foi construindo para não superar a vida. Ela não para de falar. Tem uma prima de Oviedo que quer se separar.

— Parece mentira, com os dois filhos pequenos. É a Sônia, sabe quem é?

— A filha do meio da Tere, né? — ele pergunta para entrar na onda dela.

— Exato! A do meio.

Lembra dos primos de Oviedo. Estão unidos à imagem das bicicletas, aos campos verdes, aos verões infinitos. Pertencem a um mundo sob a proteção dos adultos, sem ameaças. Havia vaga-lumes e o céu frequentemente se enchia com as lágrimas de São Lourenço, a Ursa Maior, a Ursa Menor. Erguer a cabeça e observar as constelações era olhar com voracidade para o futuro. E então, enquanto solta Rufus para que ele possa dar sua voltinha pela pequena praça, seu coração se contrai e logo se enche de um ar quente, de saudade de tudo aquilo que é sólido e que já não sabe onde está e, sobretudo, de saudade da mãe, daquela mulher de que tanto gostava e que nunca mais voltou a encontrar. Ela continua falando de trivialidades, como o clima e o radiador velho do banheiro, diz que vai comprar outro porque falam que essa semana vai fazer muito frio, e logo pergunta se ele não deveria cortar o cabelo. Ela espera. Ele responde que ainda não. Não diz para ela que há pouco tempo foi ao barbeiro. A mão de Marta inteira sobre sua bochecha nesta manhã, ainda a surpresa do gesto. Ele pensa que seria bom poder falar desse assunto, que é seu, com uma mãe. Explicar o que aconteceu, a notícia inesperada da gravidez, sua reação incompreensível, que Marta se irritou e bateu nele, tão simples como quando ele e Anna brigavam quando eram crianças e a mãe falava: *se alguém te bater na face direita*... E eles respondiam, em uníssono, *oferece-lhe também a esquerda. Mateus, cinco trinta e nove, mamãe*, resignados e com uma entonação que a fazia rir muito. Quase não se lembra mais dela quando jovem, e menos ainda dela com um sorriso exaltado na cara. O certo é que agora não riria tanto, se soubesse os detalhes do tapa. Possivelmente assentiria com a cabeça, acostumada a esperar a desilusão, como sempre está. Quando fala com a mãe, a irmã sempre se encontra como um sedimento. Às vezes se pergunta o que resta daquele mundo que compartilhava com Anna. Continha um código secreto que pertencia a eles, continha o estranhamento com o qual percebiam a transformação da mãe e que não sabiam colocar em palavras. Ele achava que ela era bem velha. Podia perguntar qual era o toque da pele dos extraterrestres e como ensinar as baleias a falar, e Anna saberia as respostas. Era uma garota de aparência séria, serena, que gostava de desenhar mapas imaginários e traçar linhas com as quais inventava edifícios, e Dani a admirava em silêncio. Anna era um lugar seguro, uma mãe em miniatura, mas, na realidade, a mãozinha que pegava na sua tantas vezes para acalmá-lo, para atravessar as ruas, a que enxugava as suas lágrimas, era a de uma menina que tinha apenas três anos a mais que ele. Com a passagem do tempo, com pelos no corpo e voz de homem, parecia que a responsabilidade de proteção recaía sobre si, mas Anna tinha uma forma peculiar de saber estar, sempre a certa distância, movia-se como se tivesse aprendido a se cuidar sozinha, estava lá quando precisavam dela, mas atravessava a vida despercebida, como se não quisesse incomodar nem que a incomodassem. Reservada e perspicaz, quando foi viver em Gotemburgo, deu a Dani a sensação que ela fugia com a mesma discrição com que amava. Queria tê-la mais perto, queria ela ali, naquele momento. Recuperar aquele mundo compartilhado que nunca deixaram que se dissolvesse totalmente.

Volta à conversa com a mãe, que não se calou por um momento sequer, e pega no ar a pergunta sobre como está Marta, se ela está por ali naquela semana ou se está viajando a trabalho.

— Está viajando, volta na quarta.

Mente e ruboriza.

— Dá um beijo nela por mim quando se encontrarem.

E ele não sabe o que mais dizer.

9

Marta não chega. Dani corrige os exercícios de um dos grupos de estudantes do curso de escrita e, de tempos em tempos, levanta a cabeça na direção da porta e fica olhando, como se ela fosse abrir de um momento para o outro. Há essa aluna, Selena, que se sobressai notavelmente. Dani pensa que é um nome falso que ela usa para inflar o halo misterioso de femme fatale que interpreta, entrando e saindo da aula com ar de flerte. Frequentemente Selena pega suas coisas com muita calma, fazendo hora para que a sala esvazie. Ora deixa cair a caneta e a pega do chão com uma coreografia ensaiada, ora fecha o zíper de uma bota de pele que chega até a metade da coxa, consciente de que seu corpo não é apenas um envoltório da alma. Sempre dá um jeito de trombar com ele na porta; ficam emoldurados lá, sem visco, mas as distâncias são tão curtas que seria possível se tornar uma tradição se agarrar e dar uns beijos, mesmo fora de dias festivos. Sua conversa é penetrante e divertida, detesta Houellebecq, mas adora Bukowski, tem consciência política, umas pernas descaradamente longas e sabe de várias coisas da vida. Ele a evita. Não tem a menor dúvida de que, em qualquer outro momento da sua vida, teria se jogado na jugular dela. Pensa que o sexo deve ser realmente selvagem com ela. Mas a evita. Mais por ele do que por Marta, que com certeza entenderia se ele se deixasse levar e fosse para a cama com a aluna. Com certeza ela o largaria, mas daria a justa importância. Desde o começo da relação, Marta de tempos em tempos toca no tema da liberdade, quase como uma carta de apresentação escrita com complacência; opina que não é possível domesticar os caprichos nem acorrentar o desejo, disse pela primeira vez no dia em que tatuaram as estrelas, que não interpretasse os astros como um laço. Que não era louca o suficiente para acreditar no amor, mas louca o suficiente para tatuar a mesma estrela que alguém com quem gostava de passar os dias. Eram as primeiras vezes juntos e, por mais que ela quisesse vestir isso de lucidez moderna e que ele percebesse isso como uma negativa para compromissos duradouros, o certo é que foram vítimas do desejo e da ilusão. Mas, por causa de conversas como aquela, evita Selena e sua evidente vontade de entregar-se, para preservar a mulher com quem convive e que descobre agradavelmente aos poucos, essa mulher livre da hipocrisia moral, de olhar firme, sem nenhuma dependência dos preconceitos dos outros. Essa mulher que não liga, que hoje não volta para casa.

O texto de Selena que está corrigindo fala de uma prostituta que ganha a aposta de um trio especial no hipódromo e então vai para a cama com o jóquei classificado em primeiro lugar, depois com o classificado em segundo lugar e de manhã está na cama com o terceiro colocado. É um texto bom, excelente, na realidade, mas ele tinha pedido aos alunos que redigissem um episódio da infância que tivesse delineado algum traço da sua personalidade adulta. A prostituta se chama Rita, usa uma peruca de cor azul e tem um dente de ouro. É búlgara, macilenta e suja. O texto fala de decrepitude e derrota, mas diverte com uma sensualidade exuberante nas cenas de sexo, que fazem com que ele se remexa na cadeira e estique um pouco a calça na altura da virilha, porque vai ficar duro em instantes. Minimiza o arquivo e vai para a internet. Volta a olhar na direção da porta, desta vez para garantir que não será aberta, e começa a buscar páginas de pornografia, as de sempre, Pornhub e XVideos. A ideia o excita e o desanima ao mesmo tempo. À medida que a tela se enche de bundas primorosas, línguas, carnes molhadas e glandes viscosas, escreve no caderno: *Somos todos mais fracos e obscenos do que fingimos ser.* É a primeira vez que consome pornografia sem uma sensação de bem-estar, com absoluta indiferença. Cabe a ele a categoria de consumidor esporádico: com Marta, bem no início de quando começaram a estar juntos, algumas vezes quando ambos beberam muitíssimo, mais para rir do que para outra coisa. Tiravam o som e inventavam os diálogos dos filmes. Riam com muito gosto, mas no final o apelo sexual das imagens os conduzia à intimidade. O resto do consumo se limita a uns minutos de vez em quando, sempre sozinho, uma pausa pragmática para satisfazer o instinto animal e fisiológico, libertar-se de tudo através da libido. A narrativa sexual e sobretudo sensual de Selena o levou até essas cenas desconexas na tela. Mais do que ao desejo, elas respondem a ânsia das mentes de uma época acelerada e viciada em tecnologias. A tela ficou dividida num quadrículo de imagens em movimento de baixíssima qualidade. Quando cria diálogos eróticos para personagens da série, por demanda da direção, faz isso pensando em como a sociedade elevou o sexo a uma abstração supervalorizada, que não tem nem a profundidade do erotismo, nem aquele caráter secreto e antigo de quando era preciso buscar tudo nas revistas e nas réplicas mal-impressas de quadrinhos eróticos que ele comprava cheio de vergonha. Volta a abrir o caderno: *Patetismo: sentir nostalgia de uma época passada quando você está prestes a bater uma punheta*. Seus olhos sobem e descem pela tela sem se fixar em nada concreto e, por mais que tente, não consegue se conectar com as voluptuosidades e anatomias oleosas que respingam no monitor. As cenas gratuitas em que busca penetrar não têm roteiro e, assim como os vídeos grosseiros e tóxicos que compartilham num grupo de WhatsApp formado por um monte de machos, são ridículas e nem chegam a excitá-lo exatamente, mas apenas se adaptam ao barulho, à saturação, à aceleração da sua época, e ele precisa, talvez agora mais do que nunca, de uma ordem que explique e organize tudo o que acontece fora, um cenário à altura das suas circunstâncias. Afinal de contas, cresceu com *Poltergeist, E.T., De volta para o futuro* e *Indiana Jones*, aprendeu a andar pelo mundo com uma mochila cheia de fantasias que, entre outras coisas, o ensinaram que olhar nunca é neutro e que, como o mais comum dos homens, ele também poderia se encontrar diante de alguma coisa extraordinária.

Selena é extraordinária, ela poderia abduzi-lo se quisesse, levá-lo para outro planeta, é isso que pensa, apesar de tudo. Imagina sua pele, a carne das suas coxas. Fecha os olhos e tenta. Marta se arqueia, Marta monta nele, Marta com os cabelos na cara e a boca aberta, não é Selena, é Marta. Gosta de penetrá-la aos poucos, mergulhando nela. A pele de Marta, a clavícula de Marta, o gosto de mar do seu sexo, as cristas ilíacas como barras paralelas sobre as quais ele executa todos os movimentos, as idas e vindas. Marta é o filme que ele quer dirigir, o filme que gostaria de ver. Coordenação, saliva, palavras ofegantes, desejantes, sem-vergonha, de hálito quente, os mamilos vivos, ajoelhar-se entre as suas pernas, as pálpebras constritas quando fecha os olhos para gozar. Quantas vezes foram catapultados sob as brasas de dois corpos que se reencontram, suados, dois corpos que riem, que se entendem também nessas conversas físicas feitas de fogo e distração. Em qual dessas conversas estremeceram até o ponto de colocar em funcionamento o batimento de uma nova vida? A vida jamais deveria começar sem querer, pensa, enquanto tira a mão cansada de dentro da calça, onde abandona o membro flácido que o seu cérebro congestionado demais não conseguiu despertar. Até uns dias antes, formava parte de uma estatística: homem de trinta a quarenta anos que procura pela categoria *man eating pussy*. Era parte da porcentagem que contribui para a queda do consumo de pornografia na noite de Natal ou durante a final da Liga dos Campeões, mas hoje transgride as estatísticas quando fecha todas as janelas do navegador, exausto. A atitude de homem desbocado, moleque, submisso à grande expectativa do mito da carne em sua dimensão mais fálica, muda de súbito, a herança viril brocha dentro dele. Volta a olhar para a porta, limpa a garganta e de novo diante da tela, escreve na ferramenta de busca: *nove semanas de gravidez*.

Não sabe que está prestes a atravessar uma fronteira, um limiar, uma dimensão desconhecida. Não sabe que todo o seu universo entrará em contradição quando ler que, na nona semana, já se podem distinguir as mãos, com os dedos e os punhos, e elas se situam na altura do coração, que as pernas se alongam, dirigindo-se à linha mediana do corpo, e os pés aparecem, com os dedos correspondentes. As pálpebras cobrem parcialmente os olhos e os pavilhões auriculares estão bem formados. É possível apreciar a boca, e ela até pode se abrir. *O seu bebê já mede entre dezesseis e dezoito milímetros do topo da cabeça ao cóccix e pesa em torno de três gramas. É possível que durante esta semana o seu bebê se mova pela primeira vez. O seu bebê já é uma existência separada de todo o resto das coisas.* O seu bebê. Não foi ele quem disse, foi a luz azul da tela que o abduzirá por tantas outras noites a partir de agora, nas quais rastreará e supervisionará online cada uma das semanas da gravidez. Percebe um matiz que se parece muito com a ternura, com o orgulho, com a proteção, mas logo busca mascará-lo. Sabe que não pode ser possessivo, que aqueles três gramas de vida com os seus micropavilhões auriculares não são seus, que tampouco tem a possibilidade de decidir, e, apesar disso tudo, não pode refrear uma alegria que se espalha facilmente, nascida do perigo de nomear com características humanas o que até agora era pura abstração. Compreende que, aconteça o que acontecer, o que acaba de sentir já é irreversível.

Inspira forte, comovido. Desconecta da internet e o arquivo com o texto de Selena volta a ocupar toda a tela. Mal-humorado, inclui um comentário: *Não posso aprovar o texto. De agora em diante, limite-se ao enunciado do exercício.*

10

Retroceder. De súbito, torna-se imprescindível. Semana zero. Por que não? Voltar àquele ponto mais simples da vida, à bendita temporada. Retroceder até uma impossibilidade física, até fazer aquilo desaparecer. Queria ser mais intuitivo quando as coisas simplesmente estão indo bem. Não deveria ser preciso que elas ficassem ruins para sermos capazes de saborear a normalidade. A normalidade deveria incidir direto no que deve ser a felicidade. E a felicidade provavelmente deve ser uma piada infinita, uma busca, um caminho traçado com os gestos do cotidiano: postar a vida no Instagram, dormir seis horas, ver se vai chover no domingo, comprar ingressos, deixar que o sol entre na sala de jantar, pagar o aluguel, o aluguel que custa um exagero porque o sol entra na sala de jantar, entregar os roteiros a tempo, trocar uma ideia com o vizinho italiano, recusar o haxixe que ele insiste que deve provar, preparar aulas, aproveitar a oferta de merluza a doze e noventa o quilo, Anna ligar para ele lá da Suécia, que na Suécia existem laboratórios interessados na pesquisa biomédica da sua irmã, ir ao barbeiro e ele contar tudo aquilo que não lhe interessa sobre o Primavera Sound, renovar a carteira de motorista e continuar sem carro, não ter nem ideia de em quem votar nas eleições municipais, mas votar desencantado e bravo, levar Rufus ao veterinário, mentir frequentemente para preservar a comodidade dos outros, tomar uma cerveja com Marc nas quartas, apalpar os seios de Marta por trás dela sempre que ela está com as mãos ocupadas, a sua cotovelada, as risadas, as almôndegas da sua mãe, a linguagem feita de onomatopeias, o fedor das tubulações quando há dias não chove, o abrigo de uma sala de cinema, ouvir Marta respirar enquanto dorme. A normalidade. Como se alguma coisa importante dependesse dessa perseverança absurda. O equilíbrio garantido. A comodidade. A adolescência eterna, mas com uns ideais que já são difíceis de defender e que ganham uma forma menos ingênua.

Ei, td bem? Vai esquiar no sábado q vem? Vamos, cara, faz um século q vc n coloca uma bota. Bora organizar o q levar e com quantos carros ir. O aviso sonoro da mensagem o faz pegar o celular com urgência, certo de que deve ser mensagem de Marta. Bufa e arremessa o aparelho contra o sofá com raiva quando vê que é de Arcadi. A palavra *esquiar* ativou uma lembrança da época universitária que desperta como um vulcão, subitamente, ainda que seu diploma de graduação já repouse amarelado e emoldurado na casa da sua mãe, junto com as medalhas de futsal e as lembranças da primeira comunhão. *Esquiar* ainda emite um som incômodo, como um ultrassom apenas perceptível para roedores. Arcadi faz parte dos amigos de quem gosta, mas que, na realidade, com os anos, precisa fazer com eles aquilo que se faz com as alcachofras: desfolhá-los da sua soberba e do seu elitismo até encontrar um coração que vale muito a pena. Durante anos fantasiou sobre escrever um roteiro protagonizado por esses amigos que, quando jovens, consumiam de tudo, eram um desastre nos estudos, mas que, ao invés de permanecerem no fracasso escolar e vivendo na marginalidade, acabaram se tornando empresários. Esses amigos que passavam os últimos dias das férias de verão em apartamentos e casas dos pais na Costa Brava, enquanto ele comprovava a renda bruta da sua família para concorrer a bolsas e auxílios para estudar na universidade, depois de encerrado o expediente de trabalho como garçom no bar do amigo de um tio seu em L'Hospitalet. As mesas grudentas, o cheiro do pano encardido, os palitos de dente usados. Era rápido e resolutivo. Fazia aquilo com absoluta naturalidade, porque era o que devia ser feito, para economizar, para sair no fim de semana, para pagar pela roupa que gostava, para não ouvir sua mãe, para fugir de lá mesmo. Não parava para falar com os clientes, na maioria aposentados e pensionistas que passeavam com pássaros dentro de pequenas gaiolas envolvidas com uma capa. Eles passavam no bar para trocar uma ideia e pediam carajillos antes de irem para o parque exporem as aves ao sol e fazê-las cantar. Competiam entre si. Escutava-os fanfarronar sobre os controles policiais à paisana, que sabiam identificar. Algumas atuações da Guarda Civil faziam com que eles tivessem mais reserva ao falar e baixassem o tom de voz no bar. Caçavam pássaros silvestres e os ensinavam a cantar. Aqueles homens, de alguma maneira, eram felizes. Ali, juntos, sem as mulheres, tinham alguma coisa ritualística, com todos aqueles pássaros domesticados e as lembranças da dureza da vida, da fome, da emigração, e a saudade da sua terra reunidas na cara, bem dentro dos sulcos da pele, como um valor estético que lhes outorgava sabedoria e a tranquilidade de enfim não precisar prestar contas a ninguém. Mas também havia aqueles que ficavam no balcão ou diante das máquinas caça-níqueis, horas e horas, consumindo um cigarro com os dedos manchados de nicotina, enquanto o cigarro os consumia, com o copo de drinque na mão desde o começo da manhã, curvados e hepáticos. Apenas reagiam ao som das duas máquinas que havia no bar, como se o gerador de números aleatórios os mantivesse ligados. Então respondiam ao barulho dos cilindros girando símbolos múltiplos. Laranja, limão, morango, sino. Se certas combinações de símbolos se alinhassem, as moedas caíam escandalosamente e, apesar disso, eles não alteravam seu gesto, recuperavam as moedas e voltavam a inseri-las, repetidamente, sempre com o olhar perdido, os cabelos gordurosos, ausentes. A linha entre os homens dos pássaros e os das máquinas caça-níqueis não é uma linha fina, é um fio de pesca: resistente, mas quase invisível. É fácil tropeçar e cair para o lado do fracasso. Se você se levanta e cai, e volta a se levantar e de novo a vida te derruba, uma e outra vez, e mais outra, faz muito sentido perder a fé nela e apostar tudo numa previsão matemática, abandonar-se à desídia e acreditar firmemente no número infinito de giros que um cilindro pode fazer, reduzir o seu projeto de futuro a um morango, um limão, uma laranja e um sino. Frequentemente pensava que era um afortunado e, ao vê-los, tinha certeza disso, de que a vida não o tinha derrubado. Apenas o tinha feito gravitar sempre ao redor de uma mãe, de uma avó, de um tio enfiado à força e de uma irmã, mas não ao redor de um pai. Havia famílias construídas corretamente e famílias obrigadas a se reconstruírem. Não era moda nomear as ausências com palavras higiênicas, como *monoparental* ou *disfuncional*, mas sentiam que levavam rótulos na testa que debilitavam seu papel familiar e os faziam andar um pouco mancos, ao mesmo tempo que sentiam um vento na nuca que lhes sussurrava *viúva*, *órfãos*, que os empurrava adiante, mas também os fazia retroceder, que às vezes soprava mais forte e provocava redemoinhos de choro, angústia, brigas na escola, portas batidas, ainda que também houvesse momentos luminosos quando sabiam domar aquele vento e transformá-lo em brisa. No seu caso, então, a vida não fez dele um fracassado. Entendeu logo que o único responsável por administrar as suas circunstâncias era ele mesmo, por isso, naquele bar, sentia-se na obrigação de fugir de lá e prover as mulheres que o criaram com alguma coisa melhor, um impulso inerente à sua masculinidade sempre em construção, talvez prover orgulho para elas, o seu orgulho, como se fosse transferível, demonstrar que ele, se quisesse, poderia abraçar a vida inteira.

O PRIMEIRO ANO DA UNIVERSIDADE foi uma chacoalhada que reorganizou seu mundo. Havia a possibilidade de outras vidas, de liberdade, de textos que o interpelavam e que falavam para ele coisas que até então havia experimentado somente em silêncio; as primeiras festas épicas, as conversas com alguns professores. Compreendeu que a partir de então alguma coisa nova dentro da sua cabeça estabelecia uma distância em relação à vida dura e penitente que sua mãe havia lhe vendido. As rédeas da vida. Podia segurá-las se quisesse. Trabalhar no telemarketing, com entregas, fosse o que fosse para continuar na universidade. Ele realizava com absoluta indiferença todos aqueles trabalhos provisórios, necessários, malpagos, frequentemente em condições horríveis, até que conheceu o grupo de amigos mais ou menos definitivo. Perplexo, entendeu que havia tantas versões de si mesmo quanto influências dos outros. Querer se parecer com cada um deles era um perigo e lhe provocava tensão. Até copiava alguma expressão, algum movimento. Entendeu como os outros estavam protegidos, como as mesmas coisas que o afetavam não tinham como afetá-los, mas também, por sorte, que se salvava daquela competição entre eles, que prolongava uma classe endogâmica, a sua necessidade odiosa de mostrar a sua riqueza. Circulava entre eles, fundia-se através das piadas, das brigas que provocava sempre com o propósito de rir de si mesmo para agradá-los. O mesmo humor que hoje em dia serve para ele ganhar a vida ele usava contra si mesmo para ser aceito. A necessidade humana de pertencer ao grupo. A universidade havia permitido uma tábula rasa de si, acomodando-se a uma nova identidade. Se conseguisse deixar de lado o nível de renda ou o prestígio social, se aproximava bastante de quem queria ser.

ESTUDANTES DE COMUNICAÇÃO AUDIOVISUAL. Pensavam que seriam muito disputados quando terminassem o curso. Ele e Marc tinham as melhores notas, curiosamente os únicos no grupo que não podiam ostentar as riquezas familiares. Nem de longe viviam uma situação marginalizada ou de pobreza, mas tinham consciência de que, dentro da ampla classe média que abrangia tudo e garantia um equilíbrio, podiam se sentir na periferia do mundo, e que esse mundo era mais cômodo para alguns do que para outros.

Quatro anos e graduados. Com o diploma debaixo do braço, penteados e com um sorriso cético, bateram nas portas de todo mundo e não havia trabalho para ninguém. Fingiam que todos os rumores eram infundados, mas os meses passavam e nenhuma porta se abria, então, por fim, Marc e ele acabaram na FNAC, vendendo livros e discos para enfrentar a crua realidade. Passaram-se três anos enquanto buscavam outros empregos, sem êxito. Sempre que podiam se apropriavam de

CDs de música, livros e filmes da loja. Bastava cortar um dos cantos dos adesivos quadrados com o circuito azul metálico colocado no verso para quebrar todo o circuito. Era sua pequena vingança contra a terra falsamente prometida. Ninguém nunca suspeitou deles, com aquela expressão ingênua, tratando gentilmente os clientes e apaixonados platonicamente por Maggie, da seção de eletrônicos. Ela era da Irlanda, exibia um decote que se movia como gelatina, branco, repleto de sardas, como canela em pó em cima de leite de pantera. Estudava letras na Universidade de Barcelona. Primeiro ficou com Marc; depois de uns meses, com ele. Isso não era um problema para nenhum dos três.

Quando se reuniam num bar da rua Santaló com o resto dos amigos, sentia-se como peixe fora d'água. Para ele, preparar-se para esquiar tinha algo de desagradável. Parecia que todos os outros tinham aprendido a esquiar antes de caminhar. Aquela maneira de pronunciar *forfait*, de se mover com a indumentária como se ela fizesse parte da sua anatomia. Dani usava botas alugadas e roupas que foram emprestadas por um e por outro. Caminhava com dificuldade. Sentia-se como um explorador do Ártico com defeito. *Você se vestiu pra ser visto por daltônicos, meu bem*, Arcadi lhe disse na pista, e todos riram sobre os esquis, com os joelhos ligeiramente flexionados. Respondeu com um *caralho* que pretendia animado e condescendente, mas por dentro amaldiçoava a todos eles. Podia odiar Arcadi, a humilhação produz desejos de vingança, e desejou vê-lo ser engolido por uma avalanche naquele mesmo instante.

Arcadi parecia conceber a amizade como uma relação de poder em que havia um servo e um senhor que dava afeto quando lhe convinha. Depois ficavam de canalhice juntos por um tempo e as rachaduras se fechavam de novo. Arrogante, insolente às vezes, mas, se você pensar bem, era divertido e leal. Além disso, tinha Marc, filho de gente campesina de Olot, anarquista louco que o impelia a fazer coisas que o seu eu monótono, frequentemente chato, nunca faria. Encheram os dias com diversão, com garotas, com festas, com álcool. Pura fantasia masculina. A petulância de todos eles ficava enterrada pela força impagável da amizade. Quantos anos se passaram? Aqueles que ainda não tiveram filhos no grupo são jovens o suficiente para jogar o que seja no PlayStation, rodeados de latas de cerveja, esperando bem mais da vida, e velhos o suficiente para entender que o desafio permanente é combinar de modo invejável a produtividade com o hedonismo.

Não vou, tenho trabalho pendente. Na próxima! Não presta muita atenção no texto, nem no que escreve. Naquele momento, Arcadi não interessa nem um pouco, já faz anos que deixou de adulá-lo e é evidente que as prioridades mudaram nas últimas horas. Com menosprezo, diz a si mesmo que talvez seja ele quem esteja equivocado, e que com certeza a amizade está supervalorizada, que nem todos os amigos valem o mesmo, uma vez que tudo que poderia explicar para ele sobre o momento que vive seria inadequado, considerando a complexidade real.

Imediatamente entram duas mensagens de Marta.

Dani dsclp aquilo lá. Não sei o que deu em mim.
Não vou dormir em casa. Preciso pensar nisso tudo. Passeia com o Rufus, tá? A gente se fala amanhã.

Não passa nem um segundo e começa a responder. Digita *Volta, por favor, prometo não tocar no assunto, se é isso o que você quer* num abrir e fechar de olhos. Apaga. Marta não curte drama. É preciso medir muito bem as palavras, não assustá-la com a urgência com a qual ele vive aquilo, então escreve: *Onde você está? Se quiser, posso te buscar*. Apaga. Marta não suporta dependência. É preciso se concentrar para ser impecável, buscar atraí-la com cada palavra, e não afastá-la mais. Escreve *Marta, podemos conversar como duas pessoas adultas?*, mas apaga de novo. Não há nada para conversar. Estou grávida. Não quero levar essa gravidez adiante. Pensa que talvez esteja exagerando ao mostrar uma preocupação e um lamento permanentes, propõe a si mesmo acrescentar algum insulto, alguma vulgaridade que o mostre mais autoritário aos olhos dela, mas também apaga e enfim apenas escreve: *Passeei com o Rufus. Minha mãe manda um beijo. Descansa*. Estuda cada palavra como uma tática, inclusive os pontos. Parece que vão transmitir um ritmo e que ela pensará que na realidade ele está ocupado com outras coisas e que, portanto, já virou a página a respeito do incidente da manhã. Somente depois de enviar a mensagem se dá conta que seu dedo tocou no emoji errado e, ao invés daquele que manda um beijo, selecionou um que está gargalhando, com duas lágrimas saindo dos olhos. Dá três socos na parede com todas as suas forças. Do outro lado do tabique, uma voz emparedada pelos tijolos xinga num idioma que não entende. Vai até a geladeira, pega uma garrafa com um fundo de vinho branco que serve para cozinhar, tira a tampa de cortiça e bebe num gole só. Seca os lábios com a manga da roupa. Fecha a porta da geladeira e fica olhando para o postal pendurado com um ímã. Uma foto em preto e branco de Buster Keaton que diz: *Humor? Não sei o que é o humor. Na realidade, qualquer coisa com graça. Uma tragédia, por exemplo.*

11

O inverno envolve Barcelona. No entardecer, as ruas do Eixample se entrecruzam sob uma nuvem de pressa, buzinas e colônias de existências que fazem caminho rumo aos seus ninhos. Como castas de insetos, de operárias, de soldados e de outros grupos especializados que agem como uma entidade só e que encontram na cidade, esse superorganismo, a sua determinação como pessoas, mas também os obstáculos e a desesperança: assim as ruas se preparam para receber a noite, maquiadas e perfumadas para esconder um pouco da decadência obrigatória. Os dias ainda são curtos e escureceu faz tempo. Uma lufada de vento frio persegue entusiasmada os rastros de todos os passos e os varre, como um zelador escrupuloso. Dani ganha a rua pela saída da estação de metrô Provença. Há um pedinte. Dani o vê, sempre os vê. Tem um tipo de ímã que atrai todos os personagens que incomodam, vagabundos, entrevistadores, voluntários de ONGs que buscam novos sócios. Primeiro passa reto, mas, depois de poucos segundos, volta atrás e joga umas moedas dentro do copo de papel do homem. Marta o recriminaria por dar dinheiro. Se o tivesse visto agora, lembraria que a esmola não vai acabar com a mendicância, mas que, em todo caso, fale com ele e tente ajudá-lo de outro modo. Mas Marta não está aqui e para ele o mais cômodo é dar umas moedas. Faz com que se sinta bem e não o expõe a nada. No fundo, pergunta-se se no fato de parar e voltar atrás para dar moedas ao homem não se esconde a intenção de contradizer Marta, uma vingança ridícula por ela tê-lo deixado sem resposta durante todo o dia. O controle absoluto da situação que Marta tem o irrita e, nos momentos em que consegue pensar claramente, entende que ela tê-lo deixado de fora de uma decisão tão importante o ofende ao ponto de se sentir violentamente enraivecido.

O semáforo fica vermelho para os pedestres. Estala a língua porque está com pressa e não gosta de não ser pontual. Faz tempo que recebeu uma mensagem de Clara pedindo para se encontrarem. Que não tomaria muito do tempo dele, prometia, mas precisava falar com ele o quanto antes. Sua ansiedade piorou desde então. Parece que a vida se complica rápido e não pode baixar a guarda. A incógnita da mensagem se soma à base cada vez mais sólida de confusão que o arrasta nos últimos dias. O resultado é um homem transformado numa máquina geradora de novas hipóteses e conjecturas.

Neste momento, porém, enquanto espera que o semáforo fique verde, três mães jovens se reúnem ao seu redor, cercadas dos filhos e das filhas correspondentes, todas as crianças agasalhadas e carregando mochilas. Paradas ali na calçada, se mexem sem parar, brincam dentro de uma bolha de fantasia, risadas e gritinhos que se equilibra com a calma e a segurança com que as três mulheres falam. Acredita que a cena, que não tem sentido como argumento, apenas sentimental, requer uma captura do momento. Então retém a visão como uma imagem cinematográfica, a transforma numa cadência de vinte e quatro quadros por segundo, um movimento limpo que lhe parece ofensivo de tão belo. As crianças se destacam sobre um fundo de rastros de luz produzidos pelo trânsito. Saem do balé, do inglês, da natação, e ele se pergunta se nunca prestou atenção, se durante todos aqueles anos elas já estavam lá, com seus casacos coloridos com capuzes e vozes brincalhonas, ou apenas apareceram agora e vão continuar enquanto ele for consciente da sua licença para procriar. Não pode deixar de observá-las e se fixar nos seus rostos desdentados, sardentos, com aqueles olhos vivos, travessos. Vociferam asneiras entre elas que as fazem cair na risada. Quando o semáforo fica verde, as mães logo as pegam pelas mãos enquanto tentam agarrar uma outra que sai correndo e salta sobre as linhas brancas da faixa de pedestres com grandes passadas. Quando se afastam, na rua adiante, Dani percebe a perversidade daquele resplendor de vida que foi colocado diante de si como uma amostra do que poderia ser. Parece uma estranha confabulação do acaso, uma combinação de beleza e dor.

Clara marcou de encontrá-lo no Les Gens que J'aime. Entra-se lá por uma escada que desce até o subsolo. Penteia o cabelo com as mãos. Acha que, se o demônio o recebe, deve estar apresentável. Quando chega, Clara já está lá dentro. Está com a cabeça inclinada e o rosto iluminado pela tela do celular, as pernas cruzadas e um aspecto muito mais tranquilo. Trocou a camisa de seda do outro dia por um suéter de angorá púrpura e um jeans surrado. Parece parte da decoração do pub, incrustada num dos sofás de veludo vermelho, o carpete empoeirado sob os pés. Dani sente como seu estômago encolhe e se prepara para o combate. O bombardeio de construções mentais o faz recuperar a lembrança de dezenas de filmes onde o protagonista é demitido do trabalho e vai embora com cara de cachorro abandonado, carregando uma caixa de papelão com uma fotografia emoldurada e o porta-lápis dentro. Se por fim Marta decidisse que sim, que quer ter o filho, ele irromperia no cenário da paternidade como perdedor. Um pai enroscado na era da precariedade laboral. Seria difícil embelezar um fracasso desse tipo.

— Dani. Tudo bem com você?

Clara acena, o que o traz de volta à realidade, e ele senta com o coração pulsando na garganta. Ela o cumprimenta com dois beijos. A mulher fria que conversou com ele pelo telefone naquela manhã não parece a mesma que faz esse gesto simpático, pegando ele desprevenido.

— Pedi um drinque. Fazem uns muito bons aqui. Quer alguma coisa?

Ele duvida por um momento. Ela não pode ferrar a vida de um trabalhador e, ao mesmo tempo, convidá-lo para beber. Não acha que ela seja capaz de tamanho cinismo.

— Vou querer o que você pediu.

Quando Clara se levanta e vai até o balcão, ele a observa, desconfiado. Percebe a presença de uma mulher que, sentada numa mesa dos fundos, lê cartas de tarô para uma moça oriental. Tudo no bar emana um halo de mistério e boemia.

— Já vão trazer. — Ela se senta e toca na mão dele de uma forma maternal, sem nenhum sinal de flerte. — Olha, agradeço que você tenha vindo.

Ele não diz mais nada. Afasta a mão dela e busca seu olhar para ver se há algum indício do que o espera.

— Devo desculpas, Dani. Antes, no telefone, eu não devia ter falado daquele jeito.

Ele joga o corpo para trás e a olha com perplexidade. Um pedido de desculpas é a última coisa que esperava. Nota como a tensão começa a se dissolver, e somente então agradece pelas luzes baixas, as paredes forradas de pôsteres e fotos de Godard, o jazz, a intimidade do local. Clara não se detém e, como uma cachoeira de água sobre um precipício, fala da pressão que aguenta quando, toda semana, tem que enfrentar o pessoal da produção e da direção. Justamente antes de ligar para ele, naquela manhã, recusaram metade da bíblia de roteiros da série por falta de orçamento e pela impossibilidade de rodar mais de onze sequências externas. Devia deixar para lá Düsseldorf e também Berlim, pois no máximo poderão fazer uma cena no aeroporto e reproduzir algum exterior falso. Está cheia disso tudo, tantos anos dando tudo pelos roteiros e sem poder fazer nada diante de um *não há orçamento*. Acrescenta que, definitivamente, deveria ter estudado matemática.

— Uma merda, como você vê. — Pega a taça e quase acaba com o drinque num só gole — Mas isso não me dá o direito de sair latindo pra todo mundo. Sinto muito pelo que disse pra você e como disse, de verdade.

Sem deixar de se olhar, ambos inspiram fortemente, aliviados, o que sem querer aconteceu ao mesmo tempo, e imediatamente deixam escapar risadas pela coincidência.

— Eu também mandei mal. Não soube me explicar. Desculpas aceitas.

Dani levanta a taça. Faz-se um silêncio. Os dois têm a habilidade de senti-lo e certamente a obrigação de escutá-lo, já que, em meio a ele, acabam de fundar o que, com o passar dos anos, será uma boa amizade.

— Matemática?

Clara joga a cabeça para trás para rir. O som é grave, baixo, um riso rouco, sedutor. Está com os cabelos soltos e os agita de vez em quando, como um tique. Seus dentes não são perfeitos. São um pouco tortos para lá e para cá, como se fossem decisões que ainda precisa tomar, mas os lábios carnudos fizeram com que ele não tivesse percebido isso até então.

— Meu pai foi professor titular de matemática aplicada e pesquisou a vida toda. Análises e simulações de mecânica quântica. O sonho dele era que eu seguisse os seus passos. É sério, não tem jantar de Natal em que ele não me repreenda.

Ele franze as sobrancelhas. Um pai. Pensa em como deve ser reconfortante para um filho ter um pai que projete nele o seu desejo particular, as suas expectativas. Alguém concreto, definido, um pai esperando alguma coisa de você.

— E a gente brincando com a ficção. Ao lado da ciência, deve soar até ridículo.

— Não diga isso. — Clara nega com a cabeça, enérgica, enquanto arregaça as mangas do suéter. Seus pulsos são pequenos, como os de uma menina. — O que nós fazemos é importantíssimo! Prestamos atenção no mundo, pensamos sobre nós. Além disso, o cinema e as séries podem ser uma grande companhia, não acha? Eu escrevo tendo em consideração os espectadores e penso que os protagonistas vão ficar tão próximos deles como amigos ou família.

— A felicidade ao alcance de todos e praticamente de graça — Dani afirma.

— Exato! Amo demais o nosso trabalho.

Ela busca contato visual, como se quisesse convencê-lo de que o que aconteceu na ligação não faz parte do seu caráter. A afinidade que repentinamente sente por essa mulher quase desconhecida o seduz. Incapaz de verbalizar isso, apenas faz o gesto de bater palmas sem fazer barulho para celebrar o código que os une. A princípio se sente ridículo, mas parece que Clara nem reparou; segue argumentando, animada, que ela é totalmente leal à cultura popular, que, se ela não existisse, não seríamos plenamente humanos. Animam-se, conversam e bebem. Entre eles, vai tomando forma esse entendimento notável que faz o tempo passar batido, se surpreendem com alguns paralelismos de vida e coincidências de gostos e fazem piada daquilo que têm de contrário. Por um tempo, ele é capaz de esquecer a estranheza do dia. Eis aqui duas almas a serviço da ficção que talvez nunca teriam se encontrado se não tivessem atravessado para o lado da vida real. Os dois ficam com a agradável sensação de terem feito uma descoberta inesperada de amizade. Clara respira ruidosamente, parece acalorada e pletórica. Diz que o mundo é absurdo. Quer pegar a cereja do drinque. Seus reflexos falham levemente. Por fim consegue e dá pequenas mordidas nela sem parar de falar.

— Você não acha que os adultos estão cada vez mais infantis? Consumimos produtos pra adolescentes e, enquanto isso, vocês jovens estão preocupados o dia inteiro, pensando, sei lá... na aposentadoria.

Ele a acha encantadora.

— Nós, os jovens? Como assim? Nós temos praticamente a mesma idade!

Dani percebe que acaba de se entregar a um tipo de flerte. Clara volta a rir e revira os olhos, com jeito de alguém que viveu pelo menos uma década a mais, cheia de verdades que ele ainda ignora. Ela tem quarenta e nove anos e três crianças em casa. Duas filhas e um filho, diz, e levanta três dedos no ar. Quinze, dez e quatro.

— O último, obviamente, não foi planejado. E atenção. Rufar de tambores: hoje faz exatamente uma semana que me separei.

Comprime os lábios, sorri e termina o drinque sem olhar para ele.

— Sinto muito.

— Não sinta. Eu quis. Me apaixonei loucamente por uma mulher e a única coisa que sei dela é o nome.

— Caralho, Clara, vamos escrever juntos uma sitcom da sua vida, por favor!

— Ai, deixa disso. Não seja careta. Está vendo como os jovens estão muito senis? Esse meu lance é coisa dos anos 90. Já está fora de moda faz tempo.

Riem juntos. O macho hegemônico, nítido e inquestionável se retira e relaxa visivelmente, agora que tem certeza de que nunca haverá espaço para qualquer tensão sexual não resolvida entre os dois.

— Aos trinta — ela aponta para ele — você diz para si mesma que um dia vai tirar um ano sabático, talvez dois, quem sabe, e que vai viver em São Francisco e também no México. Pensa que a vida será sua à medida que os anos passarem. Vai escrever um livro, ir em muitas festas, fazer grandes amigos. Mas de repente você tem quarenta e nove e não foi a lugar nenhum. Festas? Tsc, a dos aniversários dos filhos, e eu amo eles loucamente, mas sinto como se fossem três parasitas que sugam meu sangue até me esvaziarem da pessoa que eu era. Além disso, a porra das dietas. Me nego a deixar de usar roupas que já não são do meu tamanho.

— Mas você está maravilhosa.

Ela faz uma careta e se esquiva dele, fazendo um gesto com as mãos, como a dizer que deixe para lá.

— Sabe o quê? De repente você se dá conta de que continua casada com um homem durante o dia, mas toda noite sonha com uma mulher que conheceu na academia. — Nesse momento, Clara suspira romanticamente. Depois se ajeita. — O que quero dizer é que a sensação de estar esperando outra coisa não vai embora. Entende?

Ele entende imediatamente o que ela quer dizer. Dez anos a mais, dez anos a menos, sempre a sensação de ser uma fraude, o medo de, a partir de agora, apenas viver versões empobrecidas do que já viveu antes. O relato de Clara, para as notas mentais do roteirista mais jovem, evoca uma imagem de mãe imperfeita mas amorosa, de sapatos espalhados pela casa, peças de Lego e máquinas de lavar que não param de girar. Imagina ela trabalhando à noite, na frente do computador, enquanto as crianças dormem. Óculos com armação de acetato, camiseta folgada, sem sutiã e perdendo a cabeça com a lembrança da mulher do vestiário da academia que viu entrar no boxe com duas sensuais covinhas de Vênus na região lombar. Cansada e feliz, imagina ela escrevendo rodeada pela iconografia caótica típica da maternidade. Os espaços privados que Dani atribui a Clara contrastam com aqueles que ela mostra em público. Sempre chamou muito a sua atenção a variedade de camadas que as mulheres contêm. Para ele, parece que os homens não são tão promíscuos com relação à sua identidade.

— Talvez ela nem olhe pra mim, mas vale a pena se jogar, não acha? Eu tenho pra mim mesma que já é o suficiente. Antes que seja tarde demais.

A sua valentia o assusta, e a afirmação de Clara o leva direto para o emaranhado que tinha conseguido deixar de lado por um tempo. As decisões. A sua é bastante transcendente, ele chega até a encontrar um pano de fundo biológico, alguma coisa que tem a ver com a sobrevivência da espécie, da sua espécie concretamente. Não é que se considere um espécime em extinção que deve ser protegido, mas há uma ressonância do passado e da ausência do pai que acredita que pode compensar com um futuro com a presença de um filho; é lógico que ele confira um sentido tão elevado a isso. Dissimula bebendo com o olhar sobre a taça. Sabe que é a sua vez de falar, se não quiser parecer um idiota. Quando Clara disse que seu pai é matemático, ele queria ter explicado para ela que o dele era impressor, mas seu pai está morto e nas conversas a morte é autoritária, primeiro monopoliza toda a atenção, depois desvirtua tudo. Poderia contar para ela sobre sua mãe, mas o tom de queixume quando pensa nela faz com que a deixe de lado. Se falar de Marta, com certeza transparecerá o receio que o transborda quando pensa que ela ainda não se dignou a telefonar para falar de um tema crucial. Para ele, a gravidez ocupa todo o espaço que habita: a cabeça, o coração, o nó no estômago, tudo nele está à espera do desenlace, e então, para evitar que seu mundo pareça um conto fodido de Dickens, fala do tema curinga do trabalho. Diz que não gosta dos grafismos novos que utilizam na série, se refere a algo que não fica bom nos textos que aparecem na tela, as mensagens que os personagens recebem no celular ou as imagens das webcams. Qualquer coisa para se virar e não se mostrar preocupado.

— Já entendi que a produção tenta parecer moderna, mas tantos grafismos na tela me saturam. Além disso, não acha que daqui a pouco isso vai ficar obsoleto?

— Pode ser. — Clara inclina ligeiramente a cabeça. — Vou anotar isso. Sim, talvez você tenha razão.

Todos somos feitos da mesma massa contraditória. Ela sabe disso e por esse motivo continua seu jogo. A sua intuição feminina a informou desde o primeiro momento que alguma coisa maior que Berlim pesa sobre os ombros do homem ao seu lado e que não consegue se deixar levar nesse divã onde fazem terapia, mas não dirá nada para ele, não hoje, ainda não o conhece o suficiente, não quer comprometê-lo, apenas queria dizer que, seja o que for, com os anos relativizará tudo, mas opta por não fazer com que se sinta incomodado, então, com um meneio de cabeça, faz com que Dani repare na mulher enigmática nos fundos, que agora lê a mão de um casal.

— Você se atreve? — pergunta para ele, provocativa.

— Acredite em mim: neste momento, se essa mulher ler cartas de tarô ou a minha mão, ela terá um curto-circuito.

Agradece pela calidez da risada de Clara como resposta, por não perguntar. Clara é inteligente, uma máquina de empatia. Dani descobriu que é conciliadora. Que escuta, retifica, sorri e acompanha. Está cansado, mas mais relaxado depois desse tempo com ela. Pensa que as mulheres fazem certas concessões quando estão com ele para que não se sinta ridículo. Não sabe como agradecer. Também não sabe como comunicar o momento pelo qual está passando. Gostaria que ela soubesse. Não tanto por compartilhar essa informação, mas pela esperança de que ela pudesse ajudá-lo a descobrir o que deveria sentir nessas circunstâncias e a saber como poderia se aproximar de Marta. Mas não tem habilidade para expor sua dor e menos ainda uma dor que tem a ver com a perda da própria imagem acompanhada de uma sensação de fracasso pessoal. Como o melhor dos atores, decide então se comportar como se nada estivesse acontecendo. Quer demonstrar para Clara, ou talvez para ele mesmo, que controla a situação, e apesar de nunca ter se atraído pelas coisas esotéricas e de que a ideia de lerem seu futuro não o seduza nem um pouco, olha para ela simulando um sorriso sinistro e diz que o espere ali mesmo.

Na realidade, não é a pseudociência o que o empurra a caminhar até a vidente, tampouco o seu desleixo emocional. É a ansiedade de não saber. Preferirá acreditar no que a mulher disser para ele, por mais improvável que seja.

12

Marc abre a porta do seu apartamento meio adormecido. Olha para o relógio e lembra que tinham combinado de se ver quarta à noite, como sempre.

— Tudo bem?

Dani responde entredentes com um som que poderia ser muitas coisas. Esfrega as mãos e sopra dentro delas enquanto atravessa o corredor. É escuro e longo, com quartos de um lado e de outro, depois a cozinha, o banheiro e por fim uma sala com uma grande janela que dá para a rua Mallorca. Marc paga o triplo do que pagava quando alugou o lugar com Sara, há cinco anos, mas assume esse custo com resignação. Ele continua recebendo da produtora onde trabalha praticamente o mesmo desde que iniciou, quando deixou a FNAC. Como os dois trabalhavam e não tinham filhos, conseguiam sustentar o espaço, mas nunca puderam se permitir economizar. Agora que a história com Sara acabou, ele decidiu, a contragosto, sublocar os quartos. Resiste a sair dos metros quadrados que contiveram aquela história. Parece possível para ele se agarrar às paredes de onde foi feliz para tentar arrancar um pouco mais do sedimento que resta ali, com a esperança de levá-lo enfiado embaixo das unhas. Começou a divulgar, mas sem insistir muito. É difícil encher o apartamento com desconhecidos quando o coração está preso à lembrança da mulher que morava ali.

— Preciso de uma bebida.

— São onze da noite, está um frio da porra e estou de pijama, idiota. Por que não me avisou que vinha?

Mas não insiste. Compartilham um código de honra, o direito ao medo e às dúvidas, a tudo aquilo que se proíbem diante do resto dos homens do grupo. Os dois não devem mentir um para o outro sobre as misérias que frequentemente os levam aos erros, não vão dissimulá-las depois nem minimizá-las com a falsidade necessária para manter o domínio do seu território. Na sua parcela de amizade, há lugar suficiente para assumir que não são infalíveis.

Dani se serve de uma cerveja da geladeira e espera sentado no sofá enquanto o amigo se veste. Repara na foto dos pais de Marc em pé na frente da pequena granja de produção suína que têm em Vall d'en Bas. Emoldurada ao lado do pôster de Jimmy Hendrix, ganha um ar bastante kitsch. Com os anos, acrescentaram a denominação *ecológica* à granja, mas quando Dani foi até lá para passar um fim de semana, durante os anos de estudo, a propriedade consistia apenas numa casa em ruínas e isolada, com dois galpões e uma pequena lagoa de fertilizantes rodeada por campos de pastagem. Tinham quatro porcos e se dedicavam à produção de ração animal e à secagem de milho. Marc nunca quis saber nada do negócio familiar e, apesar de decepcionados, os pais pagaram, a contragosto, toda a sua graduação e a sua parte do aluguel do apartamento de estudantes em Barcelona por um bom tempo. No fundo, talvez acreditassem naquela ideia infundada de que os filhos iriam para a universidade e viveriam melhor do que eles, como se passar pelas aulas fosse o equivalente a um seguro de vida bem-sucedida, garantindo uma aposentadoria longa e próspera. Agora mantêm contato por telefone e se encontram nas datas comemorativas e em alguma visita no verão. Tiveram o filho para projetar nele a continuidade da granja e das terras, porque um herdeiro não se negocia, se engendra, e, se ele cresce fugindo do futuro que lhe foi atribuído, é amado com aridez.

Os pais de Marc olham para a câmera como se tirar uma foto fosse uma penitência. Levam fincado nos olhos todo o universo campesino, todas as semeaduras, a água de urtiga para evitar fungos, o lavrar a terra na lua minguante de julho e os guinchos agudos do porco durante a matança. Nos dedos, o brilho avermelhado de descarnar e transportar caldeirões para ferver embutidos e frutas para fazer compotas; nos rostos cansados, as jornadas de sol a sol. As bochechas dela vermelhíssimas pelo vento cortante do inverno. As mãos apertando um pouco o avental na altura do ventre, tão medrosa por fora e tão severa por dentro. A expressão dele deixa claro que tirar uma foto parece uma perda de tempo.

Dani toma um gole de cerveja e não consegue não rir. Não tem nada particularmente cômico na fotografia, mas se engasga lembrando daquela vez em que todos foram para uma festa em Olot. Se hospedaram na casa de Marc, que, diferente deles, que se deslocavam com o carro de Arcadi, dirigia a Mobilete do pai. A Mobilete era uma moto sobrevivente. Tinha sido restaurada várias vezes, mas o arranque era perfeito. Marc sempre dizia que seu pai amava mais a moto do que ele. Quando dizia isso, não parecia brincar, e possivelmente havia algo de verdade nisso. Estacionaram a uns metros da granja para não fazer barulho. Esperavam que Marc chegasse para entrarem juntos na casa. Estavam todos bem bêbados e bastante chapados. De longe viam ele chegar muito devagar pelo caminho de terra. Estava com a cabeça pesada, levava o capacete pendurado num braço, como uma cabaça. Fazia movimentos em s e, dentro do carro, eles colocavam as mãos na cabeça entre risadas. Piscavam os faróis para ele, mas o amigo avançava muito lentamente com a Mobilete, ignorando-os, até que passou pela frente do carro sem vê-los, continuou por mais uns metros na direção da casa e bateu contra o tronco de um velho carvalho. O estrépito foi grande o suficiente para despertar o seu pai e fazê-lo sair de casa às pressas. A roda da frente da moto continuava rodando e o farol iluminava a árvore. Todos saíram em disparada do carro para socorrê-lo. O pai o pegou pela cabeça com um cuidado extra, um gesto forçado vindo daquele homem bruto de regata, que toda manhã comia uma gema de ovo cru e tomava uma taça de vinho como café da manhã. Marc tinha apenas uma ferida sem importância na testa. Cantarolava entre risos embriagados. O pai olhou para ele com menosprezo e o abandonou sobre a moto. Girou a cabeça na direção de todos os outros esbravejando e, furioso, disse: *Prefiro criar porcos!*

O verão era um estado mental, um monte de piadas que nasciam daquela vida folgada onde eles passavam o tempo aprontando, onde dúvidas como a que o invade nesta noite e que está prestes a explicar para o amigo não tinham cabimento. Nada pode competir com os anos deliciosos nos quais você se apaixona loucamente pela vida e esse amor é correspondido. Aquela vontade de devorá-la inteira; o atrevimento, a vaidade, os desejos.

Quando saem para a rua, o ar é frio, e se apressam para entrar no pub irlandês onde se encontram toda quarta-feira. A garçonete os cumprimenta e pergunta o que fazem por ali. Riem e pedem umas pints. Ela dá a piscada de sempre para eles. É atraente, da Martinica, a pele de ébano, os cabelos afros trançados. No fundo há apenas um casal e um grupo de quatro executivos jovens, talvez advogados, que falam animados e afrouxam o nó da gravata com os dedos, buscando curtir e relaxar por um tempo, apesar da pequena corda que os segura firme pelo pescoço.

— O que foi, cara? Você está mais acabado que eu!

Abaixa a cabeça. Não sabe por onde começar. Talvez como uma reação à sinceridade que Clara manifestou há pouco, parece que ele também precisa ser sincero com Marc. No caminho para a casa do amigo, leu a mensagem de Marta várias vezes. *Preciso pensar nisso tudo*. Queria que fosse uma perífrase de probabilidade e, com esse desejo, a sua imaginação decifra a mensagem como um convite para propor a possibilidade de anular o planejado para a quarta-feira e levar a gravidez adiante. É assim que vai preenchendo o silêncio dela, contaminando os pensamentos com expectativa e aumentando a necessidade de confirmação constante. Queria ser capaz de falar para Marc que acha que quer ser pai, mas gira o porta-copo várias vezes enquanto se questiona se é uma boa ideia explicar isso tudo para ele. Decide adotar um ar de indiferença e despreocupação.

— Trabalho.

— A nova chefa?

— Hoje ela ligou pra mim pra me corrigir sobre uma localização e eu fiquei que nem besta.

— Você é besta, Dani. Uma besta com pedigree. — Marc dá um tapa no seu ombro. — Vamos brindar pelo fato de você ser essa besta.

Levantar a caneca de cerveja preta com a espuma coroando-a, fingir um sorriso. De súbito tudo parece um esforço titânico. Bebem em silêncio durante uns segundos, mas faz muitos anos que estão juntos e se escutando. Aprenderam a identificar microexpressões um do outro, pequenos movimentos faciais quase imperceptíveis para qualquer pessoa.

— Dani, cara, o que foi?

— É a Marta.

— Não fode! Vocês também?

— Não, não, não. Nós estamos bem. — Para, por um momento, para refletir sobre o que acaba de dizer. Estão bem. Estão? Sente-se preso num imenso mal-entendido. — Está grávida.

A surpresa na cara de Marc desenha uma alegria sincera. Dá os parabéns, levanta o tom de voz para felicitá-lo, pede *uma outra rodada, deixa que eu pago! Serei tio, Camila!*, diz para a garçonete. Conserva o vocalismo átono, ainda que, com os anos, tenha deixado para trás os traços do sotaque de Garrotxa. Considera essa pronúncia campesina, mas quando perde um pouco o controle, como agora, sai falando todo o catálogo de traços próprios do catalão setentrional. Dani faz um gesto com a mão para que baixe a voz.

O outro repete, agora olhando nos seus olhos, *Serei tio, caralho!* Insiste em não deixar de curtir uma alegria que ele não está se permitindo sentir. Sente inveja da facilidade com a qual ele abriu as comportas e deixou sair em disparada a torrente de coisas boas que lhe vêm à mente quando pensa na chegada de uma criança. Ainda não sabe disso, mas, nas noites que virão, a reação do amigo ocupará um espaço caloroso na sua memória.

— Vou torná-lo sócio do Barça assim que nascer, porra...

— Sossega, Marc. — Dani inspira. — O mais provável é que não vamos levar a gravidez adiante.

Usa o plural. Se inclui na decisão. Parece que seria totalmente criminoso não fazer isso. Marc joga o corpo para frente e dá umas batidinhas com os dedos na mesa; seus lábios se contraem como os de um símio, a primeira emoção que exibe não é de empatia, é uma coisa mais complexa, que Dani reconhece imediatamente porque ele mesmo a arrasta desde que se sabe capaz de conter essa atitude bipolar.

— Me parece razoável.

Dani sente que, no fundo, a primeira reação de alegria desenfreada o fez se sentir melhor que a condescendência de agora. Por alguns instantes, acha que até poderia se irritar.

— Merda de anarquista suave... — acaba soltando enquanto levanta o braço para pedir um drinque. Esfrega a cara e a barba com as mãos, nervoso. — Um filho, cara. Você acredita?

— E a Marta, o que pensa disso tudo?

13

Marta usava um vestido de alça com uma estampa de listras oblíquas vermelhas e brancas, com botões na parte da frente. Nos pés, sandálias. O público sentava no chão coberto com tapetes; havia almofadas e pufes espalhados, mas não cadeiras, na sala onde o show surpresa era celebrado. Souberam da localização poucos dias antes e, até que a banda aparecesse no palco, ninguém sabia quem eram os músicos. Isso tinha acontecido há dois anos. Anna tinha incentivado Dani a ir ao evento antes de partir para a Suécia. Uma boa despedida, um presente de irmã mais velha. A ordem, a generosidade e o ritual, tão próprios dela, que frequentemente o enche de detalhes. Se veem uma ou duas vezes por ano, mas Anna procura vigiá-lo apesar dos quilômetros que os separam. Desde que ele foi morar com Marta, a irmã soube encontrar a distância justa, mas ambos sabem que há vínculos capazes de superar os obstáculos geográficos. Se precisasse, ela pegaria o primeiro voo.

Na primeira vez que Dani viu Marta, ela estava de costas, sentada no chão com as pernas cruzadas, bem perto dele, os cabelos loiros amarrados num rabo alto e as mãos segurando no colo alguma coisa que ele não conseguia identificar. Fazia calor lá dentro. Dani não pôde deixar de fazer um retângulo com os dedos, como se a enquadrasse num plano. Parecia que tinha muita força dramática. Os ombros arredondados, amplos, as últimas vértebras antes da nuca bem marcadas, uma mecha de cabelo dourada por trás da orelha, as pequenas contrações do deltoide ao mover os braços e os lóbulos rosados furados por uns brincos minúsculos. Anna deu uma cotovelada nele, rindo.

— O que está fazendo?

— Lembra da abertura de *Mad men* com a silhueta de Don Draper de costas?

Ela fez que não com a cabeça enquanto bebia um gole de cerveja, indiferente.

— Então, é uma homenagem ao cinema de Alfred Hitchcock. Lembra do Cary Grant em *Interlúdio*?

Anna revirou os olhos.

— Você é um saco, meu caro.

Então os presentes começaram a aplaudir. No palco, apareceu a cantora com um violão, o baterista e um outro rapaz que se sentou junto ao teclado. Fez-se silêncio e a música começou. Dani continuava com o olhar fixo nas costas de Marta; desprendia uma ideia de secretismo, parecia que podia ser alguém que ocultava as suas intenções verdadeiras, ou talvez ele somente tivesse visto filmes demais e se tornado, desde bem jovem, obcecado por um determinado tipo de mulher: discreta, de gostos artísticos, loquaz, loira e cercada por um halo de mistério. Então ela pegou a câmera que estava sobre suas pernas e começou a tirar fotos do palco. Dani sorriu ao ver a câmera. Enquadrou-a de novo em segredo. Era um plano bonito e útil por tudo aquilo que expressava: ela ainda não tinha se virado e já cumpria com todas as suas expectativas. A segunda música era uma adaptação bastante desajeitada de *Visions of paradise*. Pouco depois da música começar a tocar, Marta se levantou, e ele precisou virar as pernas para o lado para que ela pudesse passar. *Desculpa*, ela disse, abrindo caminho e elevando a câmera com um braço para não esbarrar nas pessoas. Foi o primeiro contato visual, direto e transparente. Não tiveram que aprender a decodificá-lo. Ela se dirigiu até a lateral do palco e seguiu tirando fotos. Abanava-se com a mão entre uma e outra foto, e então ele sussurrou para Anna que já voltava e a irmã sorriu e piscou para ele.

Pediu um par de cervejas no balcão e foi se aproximando de onde Marta estava. Quando ela se retirou um pouco para checar as fotos que tinha feito, Dani se encheu de coragem e estendeu uma garrafa para ela.

— Toma, pra você, por causa do calor.

— Estou trabalhando — ela respondeu, como se o conhecesse a vida toda, sem levantar os olhos da câmera. Mas em seguida olhou para ele e pegou a cerveja. Parecia ruminar alguma coisa, os olhos inquietos, os genes germânicos recessivos, predominando o castanho paterno, de raposa astuta. Talvez apenas estivesse surpresa. — Quer saber? Foda-se. Deveria ser proibido fazer covers de Mick Jagger. Vamos embora. Preciso passar em casa pra enviar essas fotos pra revista. Depois, vou correndo para uma festa na casa de uns amigos. É a porra de uma praga, todo mundo está fazendo trinta este ano. Vem comigo?

Era de uma brusquidão deslumbrante. Ele apenas foi capaz de emitir um som parecido com uma risada e tocar sua garrafa de cerveja na dela, num brinde, como forma de aceitação. Não sabia, mas acabava de burlar o destino.

Tudo que vem depois é um redemoinho que dá um aperto no estômago de saudades. Marc continua esperando uma resposta, mas ele não está muito a fim de colocar na própria boca os pensamentos de Marta sobre algo tão íntimo como ter ou não ter filhos. Não quer que Marc a julgue sem entender todas as nuances que a fazem agir de determinado modo. Além disso, pensa, é completamente inenarrável o modo como, na noite em que se conheceram, depois de sair do lugar do show, caminharam com passos ágeis até que ela parou um táxi, que os levou até o lado do Arc de Triomf, à passagem de Sant Benet, onde Marta dividia um apartamento com mais duas moças. Durante o trajeto, não pararam de falar por um momento sequer. Era fácil, não era preciso se esforçar para dizer coisas engenhosas, as frases encontravam na outra pessoa a justa correspondência, parecia que se fundiam.

Enquanto ela acabava de trabalhar, Dani a esperava na rua, fumando um cigarro. Ficava inquieto, temendo que aquela demora prejudicasse a conexão e a magia do momento, mas quando ela desceu, já sem a câmera, e ofereceu a ele um punhado de peras de Sant Joan recém-lavadas, a naturalidade que tinham articulado dentro do táxi foi retomada.

— Estou tentando parar de fumar, mas fico beliscando coisas o dia todo. Acho que é melhor uma bela bunda do que um câncer, né? — Ela mordiscou a pera. — A merda é que acabo fumando igual, e ainda como mais.

Suspirou. Brandia um liberalismo comum, não isento, apesar da preocupação coletiva de viver num mundo em decomposição. Culta, divertida, filha de um psicólogo e de uma dona de casa, ficou na sua cabeça *Visions of paradise*, que de vez em quando murmurava, apenas entoando a música com os lábios fechados, deixando eventualmente escapar alguma frase, *tell me the name of the stars in the sky*, às vezes se olhavam de canto de olho e sorriam; ele fez um pequeno comentário questionando se Jagger na carreira solo era tão monstruoso quanto com os Rolling Stones, mas, perto do murmúrio da melodia que ela ia dosando, tudo parecia sobrar. Aquela segurança de Marta o fazia se sentir muito confortável. Caminhava pelas ruelas labirínticas do bairro de La Ribera ao lado de uma mulher alegre que tinha acabado de conhecer numa noite de fim de junho. Simples assim.

— **MAS POR QUE VOCÊ** diz que com certeza vão desistir? Ainda não decidiram?

Marc colocou o sarcasmo de lado e Dani sente um leve incômodo. Continua bebendo. Não sabe. Imagina que sim. Marcaram uma consulta para depois de amanhã para fazer aquilo, para abortar, ele diz, baixando muito a voz, mas Marta vai dormir fora hoje porque diz que precisa pensar nisso tudo.

— Talvez ela repense, você não acha?

— Não sei — Dani insiste. — Faz só dois anos que estamos juntos, e continuamos levando vidas bastante independentes, você sabe, e, com as viagens para as reportagens das revistas, ela passa muito tempo fora, então, se você parar pra pensar, nem nos conhecemos tanto assim, não convivemos há nem um ano, e agora, do nada, um filho. Como é que essa merda se encaixa? Como quer que sejamos pais?

— De todo modo, não acho que você possa dizer alguma coisa. É uma decisão delas, Dani.

— Eu sei! — Ele abre bem as mãos. — Mas não falo de abortar, falo de ter filhos. Posso dizer o que quero, não?

— Pode falar o que quiser, mas não tem nada que você possa fazer.

— Olha, Marc, eu que engravidei ela. Diria que tenho pelo menos o direito de conversar sobre isso, nem que seja com você, caralho.

Marc faz um movimento com a cabeça, dando razão sem deixar de lado seu ar cético.

— E você quer falar do quê?

— Sei lá. Considerar possibilidades. Que talvez esteja na hora de ter filhos, não? Deixar de ser a porra do centro da minha existência, sabe? Quer dizer, já deu? Isso era tudo? O trabalho, a porra do aluguel, os shows, ficar bêbado com os amigos?

É assim que passa a vida. Sente que o que o afasta da banalidade agora é, sobretudo, conviver com Marta. Quanto ao resto, percebe que tem trinta e três anos e, sinceramente, se descobre bastante medíocre. Queria que não fosse assim. Queria que o ideal do lobo solitário que vem esculpindo ao longo dos anos, desde que saiu de casa, sustentasse um presente ambicioso o suficiente, que ele se bastasse por si próprio e com todo o inventário que buscou ter ao seu redor. Mas fazia dois anos que a vida já tinha tomado aquela direção, e agora a gravidez o surpreendia com a possibilidade de dar um passo adiante, de ter algo que nem sabia que podia desejar.

Marc tenta medir o emaranhado que Dani tem na cabeça, se esforça para encontrar palavras que ajudem a suavizar a angústia, mas não lhe ocorre nada além de perguntar, com sua grosseria habitual, se transam sem camisinha ou algo assim.

— Marc, cara...

— Não leve a mal, poxa, quis dizer que vocês já têm idade, merda, não exagere. Escuta: o que quer que a Marta faça, será a decisão correta. Os casais fazem isso, não fazem? Negociam as coisas que importam: onde querem morar, se você dorme do lado direito ou esquerdo, Cola-Cao ou Nesquik, filhos sim, filhos não. Viver em casal é mergulhar em caos existencial, Dani. Não precisa analisar tudo nem ser tão transcendental. E não esqueça uma coisa: elas ganham sempre.

Há ressentimento na sua voz. Sara o abandonou há um mês e meio para ficar com seu orientador de doutorado.

— Além disso — acrescenta, convicto —, é a Marta, Dani, não é uma desconhecida.

Um pouco sim, pensa, e afunda de novo em lembranças. Não conta isso para o amigo, mas sempre teve a sensação de que Marta ainda esconde pérolas, pérolas que são parte dela. Reações, pensamentos, soluções que ele nunca esperaria. Ela vive pensando; se você se aproximar muito dela, ela vai te eletrizar com um tipo de inteligência hiperativa. As mulheres que ele conheceu antes de Marta se deixavam resgatar, redimir, até. Outorgavam-lhe todas as possibilidades de fazê-las fraquejar pelo fato de serem mulheres. Ele achava que já estava bom, tanto para ele quanto para elas, isso de manter esses papéis desgastados pela história de modo involuntário. Ao invés de ter comportamentos concretos nos relacionamentos, o que faziam era um baile de coreografias aprendidas. Mas tem certeza de que nunca será preciso resgatar Marta, nem redimi-la de nada, porque ela se alimenta de um impulso diferente, vive para se adequar à vida, não a ele. E ele gosta dessa opacidade, que ela nunca termine de se revelar por inteiro.

Era uma desconhecida naquela noite em que subiram no elevador rumo à festa de alguém que fazia trinta anos, ele tão perto dela. Marta olhou para ele apertando os olhos para informar que, como não tinha conseguido comprar um presente, porque ainda não tinha recebido pelas fotos dos dois últimos artigos, se apresentaria para ele como stripper e esse seria o seu presente. Dani se viu preso no tipo de piada que não suporta e deve ter deixado evidente na sua expressão a agonia, porque ela não demorou quase nada para acariciar a bochecha dele com um dedo. Ei, calma, é piada, cara! *Tell me the names of the lovers you had before I came along*. A melodia outra vez. A calma. Ele deu um beijo nela, instintivo. Ela retribuiu, guerreira, desinibida. O gosto de pera de Sant Joan sobre os lábios molhados de saliva fresca, a incredulidade, a euforia, a promessa de uma festa, o arrepio, o solstício de verão, o desejo, a abundância, mamíferos desenfreados começando a temporada de acasalamento. Abriram-se as portas do elevador. A festa tinha começado há um tempo, a música estava altíssima. Saía gente de tudo quanto era canto. Marta dava um oi aqui e outro acolá, risadas e exclamações explodiam na cozinha. Alguém disse que podiam deixar a bolsa no quarto do fundo. Ela o puxou pela mão e, assim que entraram no cômodo, trancou a porta. O som da música amenizou. Se deixaram cair sobre a cama cheia de coisas dos outros convidados, se moviam entre bolsas, lenços, capacetes e alguma jaqueta leve. Se orientavam na escuridão, os corpos como mapas desdobrados com urgência, o riso travesso dela e a fresta de luz entrando por baixo da porta. Conforme girava, distinguia claramente seu rosto, a fisionomia ovalada que ainda continha toda a atração da incógnita. Ele murmurou que não tinha camisinha. O som de Z ressoou pelo quarto como um zumbido de fogos de artifício distantes. É que não é algo que alguém carrega quando vai para um show com a irmã, ele disse de brincadeira, mas ela já tinha esticado o braço sobre a cabeça e abria a bolsa às apalpadelas para pegar uma. Ela sobre ele, a postura um pouco forçada por causa do espaço reduzido que a cama estranha lhes deixava, cheia de coisas alheias. Eram como um acidente inevitável. O gesto exclusivamente feminino dela, dos braços dobrados sobre as costas para tirar o sutiã, e os seios liberados subitamente, sublimes, cheios de juventude e exultação. Um joelho onde não devia estar, de novo a risada, e saber parar um instante e buscar o contato visual em meio à escuridão. Guiar-se pelo tato, cheirar as peles pela primeira vez. Ele deixava a iniciativa para ela, bastava o roçar dos cabelos sobre o rosto, sabê-los loiros, perfumados com um toque cítrico, bastava pensar no que estava acontecendo para se excitar. Para ele tudo foi rápido, explosivo, e, quando acabou, Marta confessou, aos risos, que foi gostoso, que ficou morrendo de tesão, de verdade, mas que uma prima sua estava lá fora, e que só de pensar que eles podiam ser surpreendidos trepando como coelhos sentia uma vontade imensa de rir.

— Assim é impossível se concentrar. Você me deve uma, certo?

Deu um beijo na bochecha dele segurando seu rosto com as mãos. A ternura que sempre escapa dela sob a aparência de amazona. Saiu da cama num pulo e ligou a luz. Se vestiu às pressas e ajeitou o vestido com as mãos, prendeu o cabelo e jogou um pacote de lenços de papel para ele.

— Se apressa! — exigiu, rindo com um grampo de cabelo na boca enquanto refazia o rabo de cavalo. Prendeu-o num dos lados do cabelo e cantarolou: — *Tell me the names of the children we'll have at the end of the line.*

DEPOIS DAQUELES TRÊS DIAS amarrado ao mastro da sua nau, se deixa seduzir pela falsa promessa. *Preciso pensar nisso tudo*. É tão fácil construir um desejo, dar-lhe forma, habituar-se com a beleza do seu fantasma e, pouco a pouco, abrigar-se sob ele. É uma noite escura de segunda-feira quando o canto das sereias soa dentro do pub irlandês. A voz, no entanto, é a de Ulisses. Dani murmura a melodia de Mick Jagger. Entoa a música que subitamente parece uma peça-chave em toda essa história, e o amigo olha para ele sem compreender.

— Porra, Dani. Você está acabado. Vamos, te acompanho pra procurar um táxi. Volta pra casa e tenta falar com a Marta.

Lá fora, volta a chover. Se protegem sob uma sacada e esperam até que veem um táxi passar. Sinalizam para que pare e se aproximam pulando para não pisar nas poças. Marc diz que ligará para ele na quarta e que, qualquer coisa, sabe onde ele está. Abraça-o rápido e dá uns tapas fortes nas suas costas. Uma demonstração robusta de afeto, uma tentativa de carícia para oferecer um pouco de paz.

— O que você acha que vai acontecer? — Dani pergunta, do banco de trás.

Seus óculos estão respingados de minúsculas gotas de água. Tira e os enxuga com uma ponta da camiseta. Marc ri com a tranquilidade de quem pensa que nos tiques neuróticos do amigo sempre há uma dose considerável de teatro. Não imagina a sinceridade da pergunta, quanta angústia e quantas dúvidas.

— Deixa disso, Dani. Não é uma boa pergunta.

Ele coloca os óculos e tudo volta a ter foco. Tampouco necessita de resposta; mais que nunca, está bem claro para ele que o que Marta decidir estará decidido.

ELA

Tornar-se a pessoa que alguém imaginou que deveríamos ser não é liberdade — é entregar nossa vida ao medo de outra pessoa. Se não pudermos ao menos imaginar que somos livres, estamos vivendo uma vida errada para nós.

DEBORAH LEVY,
The cost of living

O RASTRO DE UMA FESTA de aniversário finalizada. Serpentinas espalhadas pelo chão, sete velas sopradas, pratos de papelão com pedaços de bolo abandonados e balões meio murchos que, cada vez que a mãe abre a porta e entra para recolher alguma coisa da mesa, se elevam de leve do chão com a tranquilidade de terem cumprido com seu objetivo. As meninas estão no quarto. A mãe deixou ela convidar até três amigas da escola para a festa e ela depois acrescentou dois nomes de meninos. Eloi, porque ninguém nunca o convidava para as festas. Um dia, no primeiro trimestre, quando fizeram uma excursão com a turma para colher castanhas, ele acabou fazendo xixi nas calças, dentro do ônibus, e Marta deixou o seu suéter com ele, para que amarrasse na cintura e tapasse a bunda, encharcada com a mancha delatora. Ela sentia pena dele, porque, apesar da sua tentativa falha de encobrir aquele acidente natural, que foi como a professora chamou a situação, todo mundo soube o que aconteceu com o coitado do Eloi e ele virou a chacota da turma pelo resto do ano. A crueldade infantil que Marta sempre evitará. A crueldade sem filtros, aterrorizante e cravada no pescoço de todos os Elois do mundo, subindo as escadas para a aula com a cabeça abaixada. Vão se lembrar da atrocidade inocente quando forem diretores, açougueiros, entregadores, livreiros, advogados ou pais desempregados de pequenos Elois. Tudo isso que é acidental, herdado sem nenhum sentido de justiça. As crianças divertidas dos outros, pequenos demônios nos quais quase nunca pensará quando for uma mulher bonita, que passará, na parte interior dos pulsos, o mesmo perfume fresco há muitos anos.

O outro menino convidado para a festa é Edu, que tem muita força e olhos muito escuros. Gostam um pouco um do outro, e às vezes se dão as mãos às escondidas; além disso, ele deixa ela jogar futebol, mesmo que o resto dos meninos grite *Meninas não!* Edu e Eloi foram embora faz tempo e enfim todas podem se recolher no quarto de Marta, com a liberdade e a intimidade que certas questões requisitam. Rodeada de bichos de pelúcia, uma menina ruiva está deitada na cama com as pernas levantadas a noventa graus. As outras duas convidadas estão fantasiadas de médica e enfermeira e lhe dizem que falta pouco, que faça um pouco mais de força. Marta se senta no chão e ri, olhando as duas de canto de olho. Enrola os cadarços do sapato ao redor do dedo indicador até ficar branco de tão apertado. Sua um pouco, como quando está nervosa na sala de espera do pediatra. A ruiva finge que está doendo muito e grita até tirar um boneco de dentro do vestido. Aplaudem. Botam na boca do boneco uma mamadeira de plástico que contém um líquido branco. *Tudo ocorreu muito bem*, a médica diz. *Agora vamos costurar*. A parturiente ruiva dá um salto da cama e, enquanto afivela sua sandália, diz:

— Vai, Marta. Agora é a sua vez. Vamos fingir que você teve gêmeos!

Passa para ela o boneco e um coelho de pelúcia. Marta suspira e diz que não está a fim. Por que não brincam de esconde-esconde? Se quiserem, é ela quem conta. Reclamam um pouco, mas, por fim, cedem. A festa foi boa.

À noite, quando sai da banheira, estreia o roupão de banho que as irmãs lhe deram de presente, com seu nome bordado nas costas com letras vermelhas. É a sua cor preferida. Sua mãe diz para ela terminar de se pentear sozinha, porque deixou uma panela no fogo. Fica diante do espelho, passando a escova pelo cabelo loiro e embaraçado. No reflexo, há uma menina que deixa para trás os seis anos de risadas, de tentativas de fazer estrelinha, da voz do pai contando histórias antes de ir dormir, do medo do escuro, da luz na forma de lua que deixam acesa para ela no quarto, da professora que pede que não converse tanto na aula, de não querer colocar laços no cabelo. A mesma menina que, durante os seus sete anos que então começam, pintará com giz de cera, passará as férias com toda a família em Berlim, franzirá o nariz cada vez que a mãe lembrá-la de fechar as pernas para não mostrar a calcinha quando faz ponte ou fica de ponta-cabeça, quando se balança, quando faz ginástica rítmica e brinca de ser Kimberly Hart, dos Power Rangers; neste ano, já usará o avental da escola com quadrados rosas e brancos e mais acinturado que o de quadrados azuis e brancos que os garotos usam, e mais para fazer o que as outras fazem do que por ser seu desejo, ela se unirá à cantilena repetida por todas as garotas da turma na hora do recreio, segurando-se pelos ombros e pulando com os joelhos para cima: *Quem-quer--brincar-de-papai-e-mamãe?* A mesma menina que, no dia do seu aniversário de sete anos, depois de um banho reconfortante, abre o roupão novinho em folha e imediatamente estreia também uma representação social do papel da mãe que antes as amigas demarcaram na sala de partos improvisada: coloca uma toalha amassada na altura da barriga. Volta a dar o nó no cordão e se observa de perfil no espelho. Coloca uma mão sobre as costas e leva a barriga para fora, se fazendo de grávida, mas, quando anunciam que o jantar está na mesa, joga a toalha no chão e a abandona com desdém para sair em disparada com um sorriso de orelha a orelha. Sempre terá fome e espaço para os doces da vó Jutta. Enquanto tiver sete anos, imitará as suas irmãs quando rirem, quando caminharem, quando falarem de garotos. Aprenderá a arrotar e a soprar bolas de chiclete. Começará a ter aulas de alemão. A partir de então, saberá declinações e, sem perceber, utilizará o nominativo, o acusativo e o dativo e, quando tiver aprendido, cantará de cor *Mein Hut, der hat drei Ecken* durante todos os intervalos: quando lavar as mãos até que o sabonete fique bem fino, enquanto o avô colocar as fotos do verão no álbum, enquanto esperar o elevador ou quando acompanhar seu pai ao lava-rápido com aqueles esfregões gigantes coloridos rolando em cima do veículo, deixando os dois sob a espuma branca numa brincadeira de fingir que fogem de uma avalanche. Sempre se salvarão. Seu pai sempre estará ao seu lado em tudo. Ela explicará coisas para ele que nunca explicará para a mãe. Será uma menina a salvo dentro de uma família feliz. Quando crescer, se esforçará para sempre encontrar essa felicidade fácil e jovial. Com a primeira menstruação, sua mãe falará com ela com uma emoção que não corresponderá à repulsa e ao incômodo que ela sente e irá alertá-la sobre o que parece ser o perigo infernal para todas as garotas: a possibilidade da gravidez. Se assim for, ela acreditará que a margem de tranquilidade no corpo de uma menina terá sido injustamente breve. Terá dentes brancos e bem posicionados, será reprovada em matemática um ano após o outro e terá a necessidade de se mover o tempo todo. Dançar, cantar, fugir, praticar esportes. Ela se moverá por Barcelona de bicicleta e nada nunca lhe dará preguiça. Usará chapéu de aba curta, boinas, botas militares com saias compridas e românticas, compradas no mercado ambulante de Boxhagener, relógios masculinos, sempre buscando associar-se a um estilo próprio que parece querer anunciar a sua mania de pertencer a outro lugar. Não saberá cozinhar nem se pentear direito. Será esperta e preferirá o dia à noite, o verão ao inverno. O fato de não ter quase nenhuma reserva sobre com quem irá para a cama durante a primeira juventude terá a ver com o gosto que sentirá pelo prazer e, apesar disso, será o mesmo prazer que sempre fará ela arrastar uma sensação de insegurança, como de ter agido mal. Filha da sua geração, mais para frente celebrará sempre que as normas tenham sido substituídas por possibilidades e preferirá os homens às mulheres, ainda que na universidade dê um beijo de língua numa colega de tecnologia da imagem digital. Um dia experimentarão ir para a cama juntas, mas, quando ficarem nuas uma na frente da outra, será estranho demais para elas, então voltarão a se vestir, morrendo de rir, e acabarão dividindo uma pizza num restaurante italiano, onde comentarão emocionadas o triunfo de Barack Obama na eleição para a Casa Branca e cantarão *Yes we can*, de will.i.am, enquanto esticam os fios da muçarela, formando grinaldas infinitas de felicidade. Terá a certeza de ser uma mulher livre.

14

Era primavera e o mar ainda não exibia o azul intenso do verão. A água estava agitada por uma tramontana que não queria guerra, mas que mantinha a braveza e a habilidade de já despertar o desejo e a luz estivais. O dia em que foram adotar Rufus na organização protetora de animais ainda não era a época dos cabelos claros nem de corpos queimados com marcas mais claras nas nádegas e nos seios, mas Marta já falava das férias enquanto dirigia até Santa Cristina d'Aro contornando a costa.

Era uma época de calma emocional absoluta. A única luta pesada e eterna, transformada em norma e irremediavelmente assumida, era enlaçar trabalhos, um atrás do outro, mas, à margem do mundo laboral, a vida consistia apenas na tarefa acessível de preencher os dias com vigor e anseio. Desejar o verão não é nada além de um mecanismo de adaptação para o inverno e para as épocas de clima inóspito.

Seu pai tinha deixado o carro para eles com a promessa de devolverem sem o menor sinal do cão, então eles cobriram a parte de trás com um lençol e um monte de toalhas velhas. Na noite anterior, deitaram na cama com uma sensação parecida com a euforia de quem chega a um cume ou conquista um território pela primeira vez. Decidiram o nome jogando cara ou coroa. Toda aquela energia que outorga o poder de estabelecer os fundamentos de alguma coisa. Era um cão, não um filho, mas, sem estarem conscientes disso, brincavam com os tiques herdados das paternidades e das maternidades: a ilusão, as incertezas, o objeto de desejo. As possibilidades limitadas dos casais monogâmicos de longa duração que, em um momento ou outro, se reproduzem. Enquanto Marta dirigia, Dani divagava, divertindo-se, sobre o tempo que levaria para o animal conquistar todos os espaços proibidos que ela tinha acabado de enumerar. A avó berlinense de Marta teve dachshunds e, uma vez, quando ela tinha dez anos, explicava agora com as mãos no volante e o olhar cravado na estrada, tinha acompanhado seu avô com todos os cães caçadores de toca que se metiam nos buracos e faziam a presa sair correndo.

— Mas isso não te transforma numa especialista, meu bem. Aposto que depois de amanhã o Rufus vai dormir com a gente na cama.

Estavam contentes e nervosos. Era uma emoção infantil de dois adultos que, mais tarde, como um ritual, postariam fotos do novo membro da família no Instagram. Para eles é impensável manifestar entusiasmo sem mostrar e expor. Sob a foto que ele postaria, de um primeiro plano da cara velha e sábia de Rufus, colocaria a legenda *Eu acho que este é o começo de uma bela amizade* e hesitaria por um bom tempo se acrescentava ou não a referência a Rick Blaine, interpretado por Bogart em *Casablanca*. Como temia parecer pedante, apenas deixou citado entre aspas. Sob a imagem que ela postaria, na qual aparecem Dani deitado na areia da praia com as mãos entrelaçadas sob a cabeça e o animal mexendo o rabo com um galho na boca, escreveria, segurando o riso: *Dani, o cão, Rufus, o humano. Nova etapa*. A timeline da vida dela transformada num álbum de fotos seletivo, cheio de vivências reais e outras mais comedidas, mas, em todo caso, naquele momento, eram mesmo eles, com a vontade sincera de adotar um cão velho. Nunca tinham compartilhado algo que gerasse estima com tanta franqueza.

MARTA ABRE A PORTA do apartamento procurando não fazer barulho. É uma e meia da madrugada. Depois de enviar várias mensagens para Dani e não receber resposta, decidiu sair do apartamento da amiga e voltar para casa. Conhece ele o suficiente para deduzir que está sem saber como agir. Deixa a jaqueta e o cachecol na banqueta da entrada. Desabotoa o jeans, aborrecida e cansada. Bota a mão na barriga quente e crava os dedos na altura do baixo ventre. Emite um som baixo, como de animal assustado escondido por trás dos arbustos. A careta de dor responde aos pensamentos que a submetem a um sofrimento moral desde aquela manhã. *Vai embora, por favor, vai*. Está descabelada e usa a parte de cima do pijama sob o moletom. O cão a recebe com o rabo abanando e fareja suas pernas e mãos. Ela faz carinho nele de um jeito diferente hoje. Fica um bom tempo coçando seu pescoço devagar, com o olhar perdido para além do corredor. Rufus espera, mas a dona não avança. O apartamento parece cinza e lúgubre para ela. Teria agradecido por encontrar a luz do escritório de Dani acesa, mas tudo está às escuras.

— Dani?

Chama alto, num grito, apesar da hora, e dentro desse grito há um terror que a anula, um terror novo, ao qual não está acostumada. Parece quase impossível adentrar pelo corredor e confrontar o silêncio, o que falta para acabar a noite, tudo aquilo que conecta universos, possibilidades e indecisões. Dá uns tapas leves nas coxas e o cão levanta as orelhas e depois deita no chão com as patas da frente esticadas. Apoia nelas a cabeça grande e solene. Finge estar ofendido porque foi deixado sozinho por muitas horas. Quer amolecer aquele ser humano levantando a sobrancelha e engrandecendo os olhos, deixando à vista o branco deles para assim fazer cara de eterno garotinho, o que sempre os faz se renderem. Mas a sofisticação facial dura poucos segundos, já que os tapas nas coxas diante da porta da entrada sempre se traduzem em passeio. Se aproxima com o seu caminhar de ancas danificadas e antigas feridas por causa de uns déspotas que, anos antes, o abandonaram no acostamento da rodovia C-65. Marta se lembra sempre com calafrios da explicação do veterinário da organização protetora de animais. Quiseram começar a apagar a vida ruim que ele teve passando o primeiro dia juntos na praia em vez de voltar para Barcelona imediatamente. Achavam que o mar só para eles três seria um bom início para um cão velho. Se instalaram numa pequena baía perto de Sant Feliu de Guíxols, resguardada do mundo. Marta levou a Canon. Não tem uma câmera preferida. Considera-se uma pessoa fiel, mas não com as câmeras. São a sua ferramenta de trabalho e cada reportagem exige um tipo de câmera diferente. Estava apaixonada pela Hasselblad, mas achou que estaria muito atenta a Rufus e seus movimentos no primeiro dia com ele, então levou a japonesa, que tem uma maneira mais dinâmica de explicar as coisas. Conserva as câmeras das pessoas que amou, uma Nikon do seu avô paterno e uma Fuji de um antigo professor do Centro de Imagem e Tecnologia Multimídia de Terrassa com quem dividiu momentos inigualáveis, conhecimentos e também saliva e outros fluidos. De fato, a lente da Fuji a viu fotografada de todos os ângulos possíveis. Não a usa nunca, mas acredita naquela magia dos objetos.

FOI MARTA QUEM TEVE A IDEIA de adotar um cão. Previa que a entrada de um animal na sua vida proporcionaria uma calma que necessita, um tipo de equilíbrio que não encontra e que nunca explicou para ninguém. Nem mesmo para Dani. Não se sente culpada por seu silêncio, pensa que muitas vezes ele é realmente necessário para conservar a conexão íntima consigo mesma que apenas tem quando está sozinha. Pensa que há coisas que dizem respeito apenas a si e que, quando são expressas em palavras para que um receptor saiba delas, perdem o verdadeiro peso que têm enquanto são apenas fluxos mentais intransponíveis. Se ditas, são muitas vezes mal compreendidas e geram uma atenção que a incomoda. Detesta que se compadeçam dela e também detesta a perda da própria intimidade. O mais perto que esteve de dizer isso a Dani foi naquele mesmo dia na praia. Soprava um ar frio que tinha espalhado todas as nuvens, presenteando-os com um céu azul estendido sobre a areia. Estavam deitados, faziam carinho no cão, tinham levantado a gola do casaco para se protegerem do frio, estavam com as bochechas rosadas por causa das rajadas de vento, os olhos brilhantes, os cabelos na cara, de tempos em tempos se davam um beijo. Estranhamente doces para o padrão deles, chamavam Rufus e lançavam um galho para ele. O animal estava cansado. As emoções podem ser esgotadoras e tanta atenção inesperada tinha deixado ele exausto. Agora por fim dormia plácido aos pés daquele homem e daquela mulher que tinham cheiro de bondade e de lar. Marta passava a mão na sua cabeça com um movimento lento e ancestral que transmitia cuidado, proteção e aquilo que ela pensa que deve ser o amor. Ela conhecia aquela sensação. Já tinha sentido aquilo antes, há uns anos, no Sudão, para onde a enviou o pessoal da revista alemã com a qual colabora com frequência, para fazer uma reportagem fotográfica sobre um dos campos de refugiados de Darfur, habitado majoritariamente por mulheres e crianças. Lá havia uma mãe esbelta sentada numa banqueta. Tinha um ar sério, seco e preocupado. Estava coberta da cabeça aos pés com um tecido de cor verde. Segurava sua filha esquálida e, com a mão que restava livre, aberta, imensa e de dedos compridos, acariciava o rosto e a cabeça dela. Uma enfermeira tinha administrado uma vacina na pequena há pouco, e a criança chorava, desconsolada. A mãe repetia o movimento da mão uma vez e mais outra e, vendo que ela não parava de berrar, de repente começou a sussurrar uma palavra sonora e breve sem perder o prumo. Foi nesse momento que Marta tirou a foto. O modo como a mãe acalmava a menina, como o choro se transformava em sons fracos e choramingados e o laço único que havia entre as duas através do olhar a impactaram profundamente. Fez um pacto consigo mesma de manter um silêncio respeitoso em torno daquela sensação, que a invadiria em poucas ocasiões.

Os honorários que Marta cobrou da revista pela reportagem tinham sido ridículos e, ainda que tenha tido certa repercussão, o que supostamente lhe daria visibilidade, já se sabe o que acontece com a visibilidade como moeda de troca e, talvez por isso, ainda que se sentisse muito orgulhosa da imagem da mãe e da menina, nunca entregou para a revista o arquivo concreto com o fotograma, como se a mãe de verde e sua filha aflita não tivessem habitado o campo de Darfur, como se as tivesse salvado daquela vida erma e preferisse guardar a lembrança somente para ela. Um sentimento transformado em imagem e uma imagem transformada num lugar para onde retornar de tempos em tempos, quando tivesse que encarar o pensamento da maternidade que seu gênero a obriga a ter. Guarda uma cópia impressa numa caixa, onde garante que as coisas de valor não vão se extraviar durante os traslados e as mudanças.

O que havia sentido naquele momento tinha um nome, sabia muito bem disso, mas se convencia de que era melhor não identificar com nenhuma palavra que constasse no dicionário, tampouco com alguma das muitas expressões que determinam certos instintos. Acreditava que nomear os instintos os transformava numa declaração política, uma construção social. É teimosa em relação aos seus instintos. Controla e os deixa livres sob uma direção impecável. Projeta a imagem de mulher extrovertida e o seu bom humor costuma ser sempre real, mas é uma estrategista nata e sabe como resguardar aquilo que não quer mostrar: a dúvida e o medo. Aquela tarde na praia, acariciando o cão e ao lado do homem de quem gostava e que estava durando mais do que qualquer outro, esteve prestes a falar sobre aquilo que podiam considerar algum dia se continuassem juntos. Pelo menos, sobre as dúvidas que ela tinha. Parecia, no entanto, que aquela proposta não era mais uma experiência a consumir, que ter um filho era algo para ser assimilado, e que tudo ao seu redor, o tecido social e político e inclusive a emergência climática, a incapacitava de concordar que fosse correto criar alguém naquelas condições. Ter filhos é algo que range sob o peso do declínio do Ocidente. Decerto sua aproximação do fotojornalismo também fazia com que frequentemente percebesse que ter filhos era uma visão de futuro claramente otimista, fantasiosa, afastada do mundo catastrófico provocado pelo mal crônico que o homem vai deixando por onde passa. Percebia que as imagens que publicava na revista acabavam transformando as tragédias numa série de fotografias que não despertavam nada além de discussões estéticas dos habitantes de sociedades anestesiadas contra a moralidade. Todas aquelas guerras e a miséria e a dor subsequentes, diante das quais ela jamais se imunizaria, eram de uma evidência estratosférica. Tudo aquilo estava lá, à vista de todos, e custava a ela crer que não fosse evidente para a maioria. Apesar disso, sentia que não tinha a força moral e física que acreditava serem necessárias para botar um filho no mundo.

E sem considerar se era ético ou não continuar povoando um planeta que estava se esgotando, também tinha outra coisa que percebia como muito sua, aquele direito de pensar-se como uma mulher sem ter de procriar por uma questão puramente biológica. Quando imediatamente depois dessas reflexões costumava sentir que uma coisa similar a uma consciência pesada pisoteava esse direito, se apressava a dizer para si mesma que ainda tinha muito tempo, decerto anos, para se olhar no espelho e entender uma parcela que considerava pessoal e íntima. Com certeza foi por isso que, no dia da praia, quando um impulso de ternura a invadiu ao acariciar o cão, mordeu a língua e não disse nada para Dani. Não podia imaginar naquele momento que um comportamento tão pouco sofisticado como a prática do sexo que vincula todo casal poderia ter uma repercussão tão devastadora: em um abrir e fechar de olhos, toda a teoria que durante anos empilhou para construir seu muro de defesa tinha se transformado em areia. Podia não levar a gravidez adiante e continuar defendendo as suas convicções. Ainda acredita nisso, de fato. Além disso, se considera alguém muito coerente, uma pessoa de princípios, mas, se não optar pelo autoengano, as coisas se torcem diante do espelho. No reflexo do espelho aparece uma repreensão, uma culpa, uma essência de mulher irresponsável, uma mulher que não se planeja. Alguém que não somente fica grávida sem querer estar, mas também sem desejar. Pensava que era uma adulta da cabeça aos pés. Que aqueles pensamentos pertenciam à maturidade para a qual claramente se dirigia desde que tinha feito trinta anos. Cada vez sentia que se aproximava mais da mulher que queria ser, segura e tenaz, alguém com caráter e personalidade e com as coisas sempre tão claras; e agora, de repente, uma faixa rosa, uma microinformação, afundou tudo sob os seus pés, o chão que pisava com firmeza tinha se transformado em areia movediça, sobre a qual não conseguia se manter de pé. É uma matrioska, e dentro de si há uma mulher que descobre que toda aquela teoria detalhadamente estudada, como quem elabora um mapa com as coordenadas, agora não serve de quase nada; há também a moça festiva que queria comer o futuro numa mordida só e que agora se culpa por ser irresponsável. Que estúpida que eu sou, murmura enquanto enfia as unhas no baixo ventre; há uma menina pequena espantada, perdida num bosque de sombras e dúvidas, que tem medo da dor física, da intervenção clínica, do castigo que já sente que ela impõe a si mesma; e por fim, mas não por isso menos importante, nota que dentro de si repousa uma boneca menor, uma vida embrionária, mas ainda sem entidade própria, alguma coisa à espera, somente um pedaço extra de carne, como se subitamente descobrisse uma pinta, uma mancha de cálcio na unha ou uma protuberância de gordura, um corpo estranho gerado dentro do seu próprio corpo e que, portanto, pode retirar. É o batimento minúsculo que confunde. Para a boneca com batimentos, não tem palavras. É silêncio. Se pudesse fotografá-la ali dentro, na escuridão do mistério que representa, usaria um tempo de exposição bem longo para poder capturar tudo que acontecesse durante aqueles segundos e conseguir entender como é possível. O batimento dentro dela. A angústia e uma outra coisa que não sabe identificar, mas que não é destruidora. Apesar disso tudo, seria capaz de pular do muro mais alto, se assim pudesse parar a pulsação que ressoa dentro de si e que não sente como sua.

15

Volta a colocar a jaqueta e o cachecol com gestos bruscos e desce para passear com Rufus na rua. Caminha muito rápido, preocupada e enredada no tipo de raiva que uma pessoa sente quando pensa que poderia ter evitado um desastre. Automaticamente surge algo como culpa. Não é alguém cuja vida costuma se tornar superlativa. Gosta de dar a importância justa às coisas, mas, à medida que as horas passam, vai descobrindo que o fato de carregar uma vida dentro de si sem prever ou desejar isso é significativo o suficiente para dar nos nervos.

As ruas estão vazias e mal se escuta o eco dos seus passos contra o asfalto, mas, quando chega à praça de Navas, apesar do frio e das horas, encontra um grupo de pessoas ao redor de um banco. Não se atreve a olhá-las atentamente, nem tem interesse em fazer isso. Diria que estão bebendo e usando drogas, mas apenas se guia pelos barulhos e pelas aparências; formam um círculo fechado, tossem. Percebe a chama de um isqueiro, capuzes, litrões que tilintam. O cão a faz se sentir segura. Pensa que tudo vai dar certo, *tudo vai dar certo, Marta. Isso acontece todo dia milhares de vezes. Vai dar certo.* Isso poderia se referir a tudo. A quarta-feira, ou talvez à vida para além da quarta-feira. A falar com Dani. Poderia se referir a atravessar aquela praça de cimento inóspita. Acende um cigarro com as mãos geladas. Topa de cara com uma escultura em bronze de Joan Rebull. Sabe que sempre esteve lá, é observadora e repara na paisagem urbana e, apesar de tudo, não consegue acreditar. Talvez já tivesse lido aquilo alguma vez, mas naquele momento acha que não. Passou centenas de vezes pela praça, o veterinário do Rufus fica bem ali na esquina, e nunca tinha reparado que, sobre o mármore que sustenta a figura da mãe sentada com o filho de pé ao seu lado, estava escrito *Maternidade*. O menino já é crescido, seis ou sete anos, está nu, e a mãe coloca sua mão no meio das costas dele. Entrelaçam o outro braço, como se a mãe o envolvesse. As duas figuras a chicoteiam e a contundência do volume da escultura, a falta de emoção, fazem com que repare nela sem nem um fio de ternura. Se nega a olhar para o menino, se nega a pensar para além de um estado que implique mais alguém que não seja ela. Fica observando a mãe de bronze por uns instantes, fixa, com muita força, como se fosse dotada de algum poder que fizesse desaparecer a figura do menino ao lado. Sopra fumaça na cara da mãe, que é toda placidez e impunidade. A fumaça toma formas fantasmagóricas quando passa por cima do volume da escultura. Escuta o som que o vento faz nas palmeiras. Dá uma última tragada, apequenando os olhos, profunda, ferina, disposta a quebrar qualquer início de relação mística com o feto. Não sabe se consegue. Não sabe nem como foi que se esgueirou para dentro de si a sombra incômoda de uma criança. Tem certeza de que, se não fosse por Dani, pela maneira como, inesperadamente, ele colocou a mão sobre o seu ventre naquela manhã, com a desaceleração e o cuidado próprios da aterrissagem de um paraquedas, teria conseguido acreditar que a decisão tomada era a de se livrar de uma gravidez, não de um filho.

Segue adiante pela rua, deixando para trás os sons sórdidos e a desolação da praça. Um gato se esconde embaixo de um carro estacionado. Presenciar a fauna noturna sempre é um aviso da frágil fronteira que separa o que você é do perigo potencial daquilo que poderia chegar a ser e, apesar disso, sente que ela, neste momento, está num estado transitório com todas as fronteiras aniquiladas.

Quando segue pela rua Blai, Hasad, o dono da loja de kebab onde sempre vai com Dani, está esfregando o pedaço da calçada que pertence ao restaurante. Dentro há um outro trabalhador varrendo. Marta precisa fazer um esforço titânico para olhar nos olhos deles e cumprimentá-los como normalmente faz. Conhece-os de vista e seria estranho não dizer nada, dadas as circunstâncias: dão de cara enquanto ela caminha sozinha às duas da manhã e eles esgotam suas últimas forças para deixar o lugar pronto para o dia seguinte. O proprietário, que é turco, manda beijos pelo ar contínua e rapidamente para chamar a atenção do cão, que se aproxima dele arfando e mexendo o rabo.

— ¿Es niño o niña? Nunca recuerdo.

Ela demora um pouco para relacionar a pergunta a Rufus. Antes disso, a memória a retém num outro lugar durante uns segundos que não fazem parte do tempo relativo e aparente, e sim de um tempo absoluto e verdadeiro, um lugar em que a lembrança do universo feminino da sua casa abre espaço. Quatro mulheres: o varal apertado com calcinhas e sutiãs e apenas às vezes umas cuecas do pai, as roupas emprestadas entre elas, as horas penduradas no telefone, a bronca pela conta que vinha depois, a chapinha, os cantores do momento revestindo as pastas, a cera de depilação, as conspirações antes de ir dormir, os absorventes internos e externos, as dietas grudadas na geladeira com um ímã, as amostras de perfume, as anotações elegantes e as caligrafias claras, amigas o tempo todo, a insegurança com relação aos próprios corpos, passos de dança, rímel, o pai esperando acordado quando voltavam da festa. Talvez fosse uma menina, mas ainda não tinha ocorrido a ela pensar em gênero.

No dia em que nasceu seu primeiro sobrinho, que acaba de fazer cinco meses, Marta se emocionou ao ver sua irmã com um rosto renovado, como se a bondade e toda a paz do mundo tivessem se instalado sob sua pele e ela não fosse mais a adolescente cheia de manias com quem tinha brigado tantas vezes quando dividiam quarto. Foi depois de dar muitos beijos na irmã que reparou no menino dormindo no berço do hospital. O seu primeiro impulso não foi correr para tocá-lo ou admirá-lo, mas observar o pequeno volume de uma certa distância, nas pontas dos pés e sem largar a bolsa nem a câmera em nenhum momento. Ficava tão surpresa com o véu de candura da irmã que não pôde evitar de tirar muito mais fotos dela do que do bebê. De repente se viu presa no mito que nutre a maternidade. Percebeu que havia alguma coisa verdadeira nele. Toda aquela bondade, ainda que fosse transitória, era uma versão mais terna e amável dela mesma, das irmãs e da mãe. O pequeno precisava que a fralda fosse trocada e sua irmã perguntou se ela podia fazer isso. Se apressou em dizer que não e logo depois se escondeu atrás da câmera, sua zona de conforto, o mundo demarcado, a realidade limitada à busca do que é especial, belo, digno de ser congelado numa imagem; pensava que não era o caso de deixar registro dos sentimentos ambivalentes que crianças despertam nela e temia que, de um momento para outro, começassem a soltar aquelas flechas envenenadas que tinham a ver com o fato do tempo estar passando e com relógios biológicos. Atrás da câmera, enquadrando as situações pelo visor, poderia calibrar melhor a tensão que sentia quando estava em família e surgia o tema da idade. Por sorte, com o nascimento do sobrinho, a atenção não parecia recair sobre ela. Esticaram o bebê no meio da cama para trocá-lo. As mulheres da sua vida, de quem acreditava que sabia todos os detalhes, tinham mudado com aquele nascimento. Tinham se transformado em desconhecidas que pareciam dançar entre onomatopeias suaves próprias de um convento ou de uma biblioteca. A delicadeza tinha se apropriado dos seus movimentos, das suas palavras e do ar do quarto do hospital. Quando Marta viu os testículos do bebê, não pode deixar de soltar um *Porra, garota, que sacudo!* Sua mãe disse *Marta, por favor*, esticando muito o "o", e todas riram. A irmã convalescente pedia que parassem, pois os pontos iriam se romper se risse tanto, e, vendo todas radiantes, fazendo uma roda em torno daquele ser tão pequeno que mexia as mãos em espasmos, pensou n'*A dança* de Matisse, no sentido tribal das mulheres da sua família, celebrando a libertação emocional diante da chegada do novo membro, aquele sentimento de pertença que se rasgava um pouco para ela por causa da presença daqueles três quilos de existência que atraía tantos olhares afeiçoados.

Se aproximou dele com a lente de vinte e cinco milímetros para poder fotografar bem de perto. Os lábios da criança a fascinaram, com as almofadinhas de sucção para criar um vácuo ao redor da auréola do seio materno, as saliências rosadas preparadas para a anatomia da mãe como duas peças de quebra-cabeça que se encaixam perfeitamente. Era isso?, se perguntava. Eram a anatomia e a biologia do seu gênero o que sempre reverberava dentro da alma das mulheres, à espera de uma decisão tão crucial como ter ou não ter descendentes? Tornar-se responsável durante a vida toda por outra pessoa para além dela mesma? Então a nova avó arrancou a câmera das suas mãos e colocou o animalzinho nos seus braços e, sem que ninguém tivesse dado instruções para ela sobre como a maquinaria funcionava, Marta se percebeu ajeitando a mão para sustentar a cabeça do seu sobrinho, usando o outro braço para acomodar o corpo leve. Parecia um boneco forrado com penas, não pesava quase nada. Foi a fragilidade e o cheiro de ninho quente o que a fez fechar os olhos por um momento, para organizar todo o caos que aquela onda tinha deixado ao passar. Uma coisa primitiva que fez sua voz surgir, sempre meio quebrada, para entoar como um murmúrio *Der Mond ist aufgegangen*, a canção de ninar que faz parte da arqueologia de vozes familiares que mais aprecia. *Die goldnen Sternlein prangen am Himmel hell und klar*. Sua voz rodopiava pelo quarto enquanto as outras mulheres falavam distraidamente sobre alguma coisa relacionada com o mundo exterior. Quis gritar que a abraçassem, implorar que a fotografassem, que captassem aquele instante para que ela pudesse estudar depois a imagem de si mesma de uma distância prudente, ela que sempre intuíra que não queria ou não saberia ser mãe, mas apenas pediu com urgência que alguém segurasse a criança, que achava que a tensão tinha provocado uma contração no seu pescoço. Todas voltaram a rir. Há coisas que são invisíveis nas fotos, sensações passageiras que outras pessoas jamais poderão captar.

Apenas quando o homem turco estica o pescoço para olhar para as partes de Rufus é que ela se reconecta com a realidade e responde: *Macho, é um macho, mas foi castrado*. Hasad, com um olhar paternalista, comenta que, se está castrado, não é um macho macho e que, portanto, ela não deveria andar sozinha a essas horas pelo bairro, pois, um pouco antes de fechar, tinha acontecido uma briga ali mesmo entre dois rapazes que tentavam vender haxixe e cocaína. Não aguenta mais esses caras que vêm do norte da África, que às vezes entram e tentam vender droga na loja, mas ele tem os seus amigos. Se alguém tocasse nele, todos os proprietários dos estabelecimentos se reuniriam para ajudá-lo. Os turcos são assim, diz para ela, *nos mantenemos unidos*. Ela se sente cansada demais para explicar que sabe se defender sozinha e que agora mesmo queria ser turca para sentir que se mantém unida a alguma coisa, à vida anterior ao teste de gravidez, mas somente faz um gesto condescendente com os lábios. Dá três tapas nas coxas e Rufus se aproxima, obediente, fiel, cuidador, e, sem saber que duvidaram de sua virilidade, acompanha aquela fêmea humana até em casa caminhando bem perto dela. Já faz tempo que os seus receptores olfativos o deixaram mais alerta com relação à mulher que não ri há dias. E sente muita falta da energia que emanava antes, das suas brincadeiras e do seu otimismo.

16

Quando chega em casa depois de passear com o cão, a luz do escritório de Dani está acesa. Trata-se de um código íntimo que adquiriram no último ano sem terem verbalizado. Quando alguém chega tarde e a outra pessoa ainda não voltou, deixa a luz do escritório acesa antes de ir dormir, um desejo de boas-vindas, de tranquilidade. Aprenderam a levar um ao outro em consideração. São jovens no sentido de que se conheceram antes de terem chegado à metade da vida e, portanto, ainda há tempo de atenderem aos indícios de uma amizade importante, de adquirirem facilmente a habilidade necessária para construir uma relação amorosa. Frequentemente a luz acesa adquire a função de uma lâmpada vermelha sobre a porta que destila desejo e convida o outro à festa erótica e, quando tudo já aconteceu, extasiados, há beijos, cada vez mais beijos. É a ternura que ganhou quase todo o terreno dos quarenta e cinco metros quadrados do apartamento que, a princípio, apenas compartilhavam, e que foi se transformando em lar à medida que os meses caem e deixam para trás o estado provisório. Nesta madrugada, no entanto, o ponto de luz cálida que ela vê da entrada é um farol, uma referência que guia a navegante no seu mar de dúvidas. Com certeza a ideia de casa é essa, uma luz que sempre te espera acesa em algum lugar. Quando avança até o quarto e olha do batente da porta, escuta a respiração profunda de Dani. Se permite relaxar, trancar-se no banheiro, transformado em confessionário, deixar a água jorrar até que fique bem quente e tirar a roupa devagar. Se pergunta se essa circunstância nova nas suas vidas, a coisa germinal que cresce dentro do corpo dela e dentro da cabeça dele, moderará a partir de agora o ritmo da sua dança, se será uma pedra no sapato que fará com que parem quando tentarem caminhar, se se transformará num mito que expandirá suas consciências e os guiará através dos dias, se isso que não é e poderia ser, ou talvez isso que é e poderia não ser, irá se interpor no conforto da luxúria esporádica, se quando as peles se reencontrarem e se cheirarem os dois corpos irão identificar a cicatriz da mudança, lembrar que esse nó de agora derivou do prazer pelo prazer. Se a paleta de cores que a carne aberta oferece, o rosa, o grená, os vermelhões e o carmesim onde ele mergulha e ela recebe, os levará à diversão e aos sentimentos de sempre, ou se será um motivo que a manterá com as pernas abertas e o deleite fechado, como um castigo, a cabeça dispersa ruminando sempre a injustiça cometida entre eles, pois, enquanto a implicação deveria ser a mesma — a necessidade de se tocar sabe-se lá em qual noite ou qual manhã ou qual sesta das várias em que precisaram umedecer os sentidos —, a repercussão tem um desequilíbrio exorbitante: o estado mental e voluntário para ele, o estado físico e obrigatório para ela. A vida que começa dentro dela, bem agarrada aos seus tecidos, invadindo o organismo e as decisões tomadas tempos antes. Três centímetros de carne em formação que pesam mais que qualquer outro compromisso experimentado até então.

Toma banho para retirar o frio de dentro de si, mas, sobretudo, porque se sente suja. E o mais complicado de tudo, aquilo que hoje não deixará ela dormir, é que sente que o foco da infecção não é aquilo que é cozinhado dentro do seu ventre, que queria vazio, mas a segurança de que a sujeira é ela quem gera, tome a decisão que tomar. O seu corpo transformado em incômodo, um ardor que nasce no cérebro e que se irradia por ela inteira. A água desliza pela sua pele jovem, pelos contornos suaves arredondados, pelos seios que já sente inchados; isso a desespera, essa pressa para transformá-la em outro alguém. Gostaria de não ter esse dom próprio do seu gênero, um suposto dom que ela vive como um risco. Queria poder decidir sobre o seu corpo. Passa as mãos pelo cabelo ensopado com a água que deveria purificá-la, mas nem o barulho do banho consegue calar todas as vozes dentro de sua cabeça: a voz de alerta da bula do analgésico que tomou para a dor de cabeça, *si usted está embarazada o cree que puede estarlo*; a voz profissional e habitual da ginecologista, *tente que alguém te acom-*

panhe pra voltar pra casa na quarta-feira; a voz convicta com a qual ela respondeu à amiga quando ainda não havia surgido o contrarrelato, *então, porque não quero ser mãe*; a voz afiada da internet, *sangramento abundante*; a voz cândida da mãe, alheia ao seu sofrimento, *quer vir almoçar no domingo? A Berta e o Enric vão vir. Vão trazer o pequeno*; a voz interessada e sedutora do maço de Marlboro, *fumar durante el embarazo perjudica la salud de su hijo*; a voz abatida e indignada de quando ela fala com sua chefa na redação, *não poderei cobrir o ato. Surgiu um imprevisto. Um assunto familiar. Não, não tinha como ter dito antes, é um imprevisto! Acho isso muito injusto, de verdade. Nunca falhei contigo antes*; a voz do seu pai, calorosa, resolutiva, *já sei que você vai me dizer não, mas, se precisar de dinheiro, já sabe*; a voz de uma amiga que, depois de oferecer uma taça de vinho a Marta e ela recusar, soou fria como aço, *mas e daí se beber? Vai matar ele do mesmo jeito*; a voz nova, exasperada, com a qual fala desde aquela manhã com aquilo que tem dentro de si, *seria um desastre mesmo, acredite*; a voz categórica com a qual fala consigo mesma, *não fale com o feto*; a voz honesta e conclusiva com a qual falou para Dani, *estou grávida. Não quero levar essa gravidez adiante*; a voz desesperada com a qual volta a se dirigir a si mesma e à boneca que pulsa dentro de si, *não serei capaz*.

Fecha o chuveiro e apoia a testa na parede. *Vá embora, vá embora sozinho.*

Quando sai do banho, Dani abre a porta do banheiro. Há uma circunstância nova na sua fisionomia, um traço que Marta nunca tinha visto. Uma culpa. Ela não pode suportar a imagem de debilidade e se apressa a dizer alguma coisa.

— Me passa a toalha?

Mas ele a envolve com o tecido macio e a abraça. Os abraços ajustam, acoplam, contêm; não precisam de palavras, a transmissão é imediata. Primeiro ambos sentem uma coisa parecida com a paz, e logo em seguida se reencontram no cansaço da guerra. Marta entende, naquele momento, que isso aconteceu com esse homem. Poderia ter ocorrido com qualquer outro, mas aconteceu com ele. Houve homens com quem trabalhou, homens com quem estudou, homens que conheceu no balcão de um bar, homens virtuais que se tornaram físicos, homens com quem foi para a cama fazendo com que eles acreditassem e que ela mesma acreditasse que era uma canalha, homens com quem se passou por boa moça e deixou fazer tudo aquilo que diziam que ela gostaria tanto, que nenhum outro tinha feito antes: dar um tapa na bunda, puxar seu cabelo dourado, percorrer os dedos por lugares que podem doer, enfiar a língua dentro das suas orelhas, esculachá-la, não esperá-la nunca. Demonstrações arruinadas de um *Kama Sutra* artificial. Todos olhavam para ela com uma expressão de petulância e ela sorria, sentia-se poderosa, porque todos gostavam tanto dela, muitas vezes fingia, acreditando que era isso o que devia fazer, e jogava e era boa jogadora, o resultado era sempre eles dentro do pensamento dela como gigantes, indo embora satisfeitos depois de gozar, convencidos de que eram heróis prodigiosos com pintos como armas supersônicas dois ponto zero. Quase sempre ela agradecia ao vê-los ir embora, convencida de que, em todos os casos, estava exercendo sua liberdade sexual, até que apareceu esse homem do nada, que, entre outras coisas, traz uma segurança parecida com a que transmite seu pai. E quando ele entra na sua vida, é o fim da submissão que ela considerava normal em todo o processo de conquista. É com ele que ela se dá conta de que tudo que estava fazendo com os homens e com o sexo até então era calibrar o orgulho viril de todos aqueles corpos guerreiros, julgar-se cada vez que tomar iniciativa ou que dizer não, recriminar-se por ter pedido demais ou por não ter pedido nada. Sintonizar com uma radiofrequência para transmitir um sinal considerado correto para o gênero masculino. A angústia de não desapontar. Com Dani, a sua tendência de considerar a sexualidade como uma forma de conversa se vê correspondida. Pode ser ela sem nenhum acréscimo. A princípio havia sedução, poder e prazer, a tríade que, segundo ela, possivelmente faz o mundo girar, mas entre eles a base foi se alargando, a conversa e o diálogo começaram a ir além e já superaram quase dois calendários anuais, e isso que aconteceu agora aconteceu com esse homem com quem tem tantas coisas em comum, e não com um outro, e por isso é cada vez mais complicado, porque nenhum dos dois sabe no que vai dar o que começou como uma forma de conversa, intuem, se for o caso, que deveriam elevá-lo um pouco mais, outorgar-lhe uma dose mínima de mérito, atrever-se a dizer em voz alta que talvez estejam apaixonados, mas habitam um mundo governado pela imediatez, um mundo cheio de contrastes, polaridades e ideias novas que enterram mitos, e sentem medo de reconhecer que agora mesmo o amor que os governa pode fazê-los trair sua liberdade. Têm convivido de modo anárquico, não esperavam essa revolta que confirma que era apenas um simulacro de vida feliz, por isso esperam dentro do abraço, como duas crianças que acabaram de saber que a magia não existe e que absolutamente tudo tem uma explicação técnica e duas únicas soluções: uma imparcial, definitiva e médica, e uma mais visceral, temerosa e arriscada. Duas soluções que soterram Marta, aprisionam ela numa dicotomia que não foi buscada. Desejado ou não desejado. Em qualquer uma das duas possibilidades, sente-se temerária.

Isso aconteceu com esse homem e não com qualquer outro, diz para si mesma enquanto ele segura o seu rosto entre as mãos e dá um beijo na testa. Ainda que reconhecer isso a deixe tensa, sabe que agora precisa dele.

— Te amo, viu? — Dani diz, titubeante, com uma voz afetada. Ela fica na ponta dos pés e retribui ao pé do ouvido: *Eu também*. Não é verdade, mas não é mentira. Fecha os olhos e pensa que agora não. Agora não precisava que você me amasse, agora preferiria que simplesmente me entendesse.

17

O teto do quarto tem um artesoado, uma roseta de gesso branco que toma a forma do que parece um motivo vegetal. Desde o primeiro dia, e com o idioma críptico que apenas ganha sentido no relato conjunto dos inícios de qualquer casal, nomeiam *alface*. Não é bonito e acham que é pretensioso, mas é o ponto para o qual ambos sempre olham quando conversam na cama. Por isso, simpatizam com ele. Passaram muitas noites planejando férias, fazendo contas ou resolvendo problemas enquanto olhavam para a alface. É um bom lugar para declarar paz ou um enclave estratégico no qual declarar uma guerra. São três da madrugada e estão na cama, respeitando o espaço entre eles mais do que nunca. O olhar na direção do teto. Se sentem cansados e, apesar de lembrarem de tempos em tempos que deveriam tentar dormir, sabem que não podem mais dilatar a conversa que têm pendente. A familiaridade do teto ajuda a tentar.

— Quero ver se amanhã damos um jeito de apertar mais o parafuso deste lado da cabeceira, porque olha só — diz Marta, movendo a cabeceira de bétula da cama —, está muito frouxo.

Dani estica o braço do seu lado e move a cabeceira energicamente ao mesmo tempo que estala a língua.

— Não seja tão bruto, Dani!

Ele xinga alguma coisa que envolve a qualidade dos móveis.

— Sorte a minha que você teve a delicadeza de não jogar na minha cara que você já falou isso — Marta acrescenta, com ironia.

Queriam rir, pelo menos sorrir, mas seus corpos não respondem. Na realidade, estão tentando que o ordinário sobreviva para evitar que o extraordinário os engula vivos. Além disso, são novos neste estado, e apenas lhes ocorre continuar fazendo aquilo que já sabiam fazer juntos antes do caos: uma série de coisas cotidianas. Aos poucos, a conversa vai se elevando com timidez e, quando chega à roseta, é um furacão que toca a terra firme. Um furacão feito de tentativas de frases e também de silêncios. Não gritam um com o outro, não se interrompem. Sabem que o significado dos sentimentos que querem expressar somente ganha sentido se forem ditos sob a forma que exigem, e tanto ele quanto ela precisam de compreensão, por isso tentam ser empáticos, ainda que de tempos em tempos se sabotem. É uma sabotagem improvisada, de principiantes, já que até agora não tiveram a necessidade de prejudicar seus interesses, muito menos seus sentimentos.

— É que, porra, Dani, no que você estava pensando? Por que fez aquele carinho na minha barriga? Não percebe como você fez eu me sentir?

— Já te pedi desculpas, Marta. Tenho dúvidas e acho que duvidei em voz alta. Só isso. Esquece, por favor.

Ele olha para ela, mas Marta mantém o olhar cravado no teto. Está de mau humor. Quando verbaliza o que pensa, não consegue se libertar da sensação de ser uma menina presa na sua própria birra.

— Tipo, relaxa, sabe? Eu queria fazer isso sozinha e, além de tudo, não queria dar tanta importância assim.

— Mas é importante, Marta.

— Eu sei. Não me trate como se eu fosse uma imbecil. Mas com a porra do seu carinho você fez a coisa crescer e deu para ela um, um... uma entidade, caralho, ou sei lá o quê, não sei o que você fez, mas me deixou muito mal, Dani. Péssima. Você não imagina, nem tem como imaginar o que fez.

Ela o recrimina. Agora sim olha para ele. Fixamente. Precisa que Dani entenda que ela sabe muito bem que está deixando ele em segundo plano, mas, ao mesmo tempo, quer que note como é inevitável para ela adotar essa posição. Não pede que vá embora, não é isso. Ela quer que fique, claro que sim, precisa dele nesse pódio de três, da mesma maneira que precisa ter um maço de tabaco intacto na gaveta toda vez que tenta parar de fumar, mas todos aqueles tecidos tomando forma dentro de si, acolchoando todas as cavidades do seu organismo, forçosamente devem lhe permitir a concessão de poder decidir a distância a partir da qual quer que ele olhe para aquilo. Afinal, além de olhar, o que mais ele pode fazer? Apenas quer escutar que Dani compreende que ela seja tão possessiva em relação ao que está acontecendo.

— Porra, Marta, não estou te tratando como imbecil. — Ele tenta pegar na mão dela, mas ela a afasta, irritada. — O que foi? Posso saber por que está assim comigo? O que eu te fiz, poxa? Só tentei te falar que pra mim também é importante. A última coisa que quero é que você sofra ou que passe mal. Mas acho que seria muito hipócrita não te dizer que, sim, é verdade, faz uns dias que fico girando em círculos sobre o assunto de ser pai.

Marta sai da cama, furiosa. Joga o cabelo para trás, prende num rabo de cavalo, nervosa, e bota as mãos na cintura com os cotovelos apontando para os lados. Dani recebe o gesto como um convite para a luta livre.

— É uma fantasia infantil e ridícula, Dani! Estou vinte e quatro horas pendurada no telefone pra encontrar trabalho, pra saber onde está a notícia, a foto. Além disso, tem a exposição, que nesse passo não vou fazer nunca, e a porra dos casamentos pra conseguir grana e curtir um pouco depois de pagar o aluguel. O que eu mais gosto no mundo é ir pra lá e pra cá pra fazer as reportagens das revistas, não percebe? *Fico girando em círculos sobre o assunto de ser pai?* Isso é tudo que te ocorre pra justificar que há uma coisa importante o suficiente dentro de mim que mereça o seu carinho?

— Não, na realidade me ocorrem muitas outras coisas, mas assim é impossível conversar. Você pode se acalmar um pouco? Se não quiser, não precisamos discutir mais. De verdade. O que foi que eu te fiz, poxa? Não que seja minha culpa o que aconteceu. Apenas achei que falar contigo seria bom. Mas tanto faz, Marta, vamos deixar assim.

Dani sabe que no fundo isso não é inteiramente verdade, que ele queria experimentar dizer para ela que não sabe o que se passa com ele, mas que definitivamente refletiu muito, que já tem trinta e três anos, que gosta muito dela e que uma coisa nova que não sabe o que é, mas que o reconforta, dá confiança para ele acreditar que seria um bom momento para ser pai. Não sabe como explicar que, com a notícia da gravidez, a cicatriz da ausência do seu pai começou a despertar como uma luz agradável que cintila de longe e o ajuda a encontrar um caminho em meio à névoa espessa. Talvez, apenas talvez, com um filho, esse fantasma que sempre o acompanhou tomaria forma e ele poderia enfim se situar neste mundo.

— Onde você guardou a caixa de ferramentas? — Marta pergunta, com uma expressão de ofensa no rosto.

— A caixa de ferramentas? Pra que você quer a caixa de ferramentas?

Marta não responde. Ela se agacha e coloca metade do corpo embaixo da cama. Dani vê a sua bunda para cima e as pernas se mexendo e, por um momento, teme que essa seja uma posição contraproducente para o feto. Está prestes a dizer isso, mas sabe que não deve. Se ela enfim decidisse levar a gravidez adiante, ele censuraria cada movimento brusco dela, cada cigarro, cuidaria dela como nunca tinha cuidado até então. Se sente inteiramente impotente. É como lutar contra uma leoa. Ela sai de baixo da cama com a caixa de ferramentas nas mãos, a cara vermelha e os cabelos desgrenhados, triunfante.

— Você vai consertar a cabeceira agora?

— Sim, não consigo dormir, mesmo. Não esquenta, vai ser rápido. Em seguida desligo a luz e deixo você continuar sonhando tranquilamente com a sua fantasia de família feliz — Marta responde, com raiva. Dani também sai da cama e se aproxima dela. Coloca as mãos sobre os seus ombros e pede que ela olhe para ele.

— Pode parar por um momento, Marta? — Ele pega a caixa de ferramentas das mãos dela e a coloca no chão. — Podemos começar de novo?

Marta apoia a cabeça no torso de Dani. Sempre que faz isso, lembra de quando tinham acabado de se conhecer e ela o fez notar que tinha uma pequena protuberância na parte esquerda do tórax, como se tivesse um lado mais levantado que o outro. Isso transformava o pequeno desnível anatômico de Dani num canto muito agradável para acomodar o rosto quando se abraçavam. Ele contou que, quando era adolescente, tinha feito atletismo e lançamento de disco, e que o treino para maximizar tanto o raio quanto a velocidade do giro tinha gerado essa leve deformação do tórax como consequência. Marta duvidou por uns segundos, mas em seguida detectou que ele estava tirando sarro e ambos caíram na gargalhada. Fizeram piada disso durante algum tempo. Era bem no começo, no tempo em que, ainda que ficassem muito de vez em quando, passavam esse tempo quase todo na cama. Nus, envoltos em intimidade, sob o calor do edredom, no meio do colchão, no apartamento dele ou no dela. Não sabiam ainda que a coisa duraria e, portanto, faziam com que cada encontro fosse único. Irremediavelmente, um se tornava a pequena obsessão do outro; entre eles se estabelecia uma dependência que forçosamente se assemelhava com a que as drogas geram no cérebro. Consumir-se passou a se tornar prioritário e aos poucos foi uma nova pauta incorporada ao estilo do que eram as suas vidas até então. Aquele dia, há dois anos, quando ela deixou de rir e começou a tocá-lo, roçando suas pernas suaves contra as dele, Dani sentiu a necessidade de se deixar ir pela primeira vez com uma doçura indisciplinada, mas que via capaz de controlar, e disse que a presenteava com aquele canto no peito. É todo seu, venha aqui sempre que quiser.

— Como foi que isso aconteceu, Dani? Que merda... — ela geme, acomodada dentro do ninho dele.

— Aconteceu e pronto. Não vale a pena discutir mais sobre isso. Posso te perguntar uma coisa?

Marta emite um som, ainda agarrada no peito dele.

— Deixando o trabalho de lado, você tem total certeza que não quer nem considerar?

— Como quer que eu deixe o trabalho de lado, Dani? Não seja ingênuo, pelo amor de Deus!

— Não estou sendo. Mas acredito que se a única razão é o trabalho, não sei, o trabalho é pura logística. Poderíamos nos organizar. Poderia deixar de fotografar casamentos. Você se explora e se exige demais, Marta.

— Olha quem fala....

— Não é a mesma coisa. Eu preciso me atualizar, do contrário, fico fora do circuito, e preciso fazer extras porque não dá para viver apenas de roteiros.

— É exatamente a mesma coisa. É caro ter filhos e eles demandam tempo. Acho que você concorda comigo...

Ele concorda e se cala. Marta remexe na caixa de ferramentas e pega uma chave. Dani volta a ficar na cama. Observa como ela parafusa com determinação. Ambos perseguem uma ideia opaca de êxito social, mas entender os filhos como um bem de luxo e descartá-los por isso parece uma solução barata. No fundo, onde cabem dois, cabem três, pensam sem dizerem. E ainda que venham de famílias de realidades econômicas diferentes, esse era o espírito por trás de ambas. Portanto, concluem que, seja como for, o que pesa para eles é sintoma da sua época, a desordem que os obriga a um planejamento apenas mínimo, devido à inexistência de horários regulares, à renda não garantida, a um lar inalcançável. A taxa de natalidade é um barômetro de desencorajamento. Quem é o valente que planeja para além do verão se o outono se mostra tão pouco otimista?

— Além disso, me dá pânico entrar num caos do qual não sei nada, Dani. — Ela sopra uma mecha de cabelo que cai sobre o rosto. — Me passa a outra chave, essa não entra. Quis dizer isso de ser mãe, sabe? Não sei nada sobre isso.

Ele volta a sair da cama. Pensa que, na realidade, tal como o mundo está, com certeza essa ignorância que ela atribui a si mesma é necessária para que a espécie continue evoluindo. De fato, Dani também considera que não sabe nada sobre a paternidade, e é precisamente essa ingenuidade o que o surpreendeu de forma inesperada. Passa a chave e, quando ela a pega pela ponta metálica, ele não a solta.

— O que você está fazendo? Sério, Dani, não estou no clima pra isso.

— É que eu fico imaginando. Poderia ser divertido.

Puxa Marta na sua direção com uma expressão de súplica no olhar, mas nota a inacessibilidade dela, uma força que o afasta, como dois ímãs que se aproximassem pelo mesmo polo.

— Para, por favor.

Os olhos de Marta se umedecem. Não faça isso comigo, grita por dentro. Não pense em mencionar nem um momento de felicidade possível com aquilo que estou disposta a perder. Ao invés de tentar explicar essa espiral de confusão, corta tudo com uma verdade que pelo menos sente que é absoluta.

— Além disso, Dani — ela enxuga os olhos com a manga do pijama e gira a chave três vezes definitivas —, ser mãe é estar preparada pra ser uma — ela lança a chave sobre a cama, coloca as mãos na cintura de novo e olha para ele —, e eu não estou.

Terça-feira
Semana nove

18

Na cama, Marta sente que vive entre duas realidades que estão muito distantes uma da outra, se enfrentando no campo de batalha mental que a espera até quarta-feira se tornou. Nesta manhã, tudo isso se mistura com uma sensação onírica. Antes que o sonho se esvaia por completo, se esforça para lembrar os contornos borrados das imagens que ainda retém das poucas horas dormidas: o seu corpo um tanto magro mantinha o mesmo aspecto de sempre, mas, de perfil e de barriga para baixo, parecia ter saído de um filme de terror. Era um corpo com uma base esférica e um aspecto pesado. Ela pedia romãs para todo mundo que passava pela rua. Aquela necessidade era um desejo de grávida. Uma velha lhe dava uma bem madura. Descascava e, sem querer, enfiava a faca nos gomos e descobria que o interior da romã tinha apenas suco. Suco grená, vermelho sanguinolento. O fruto liquefeito a faz estremecer; agora que está acordada, entende a sincronia entre o sangue e a cor vermelha. Não quer pensar mais nisso. Os presságios são uma agonia para uma pessoa terrena que confia plenamente na realidade. Não quer discernir o significado do sonho, mas o entrevê perfeitamente. Ainda permanece pensando nos desejos, no seu imaginário sensorial e críptico. Vem à sua mente a história familiar que sua mãe sempre conta para justificar a pequena mancha despigmentada em forma de meia-lua que Marta tem um pouco acima da nádega direita, e isso a afasta do sonho com a romã e sua rugosidade. Grávida de Marta em pleno mês de novembro, sentiu desejo de melancia, uma vontade irrefreável de fruta fresca e aguada que não pôde satisfazer, e por isso a menina nasceu com essa mancha no corpo. Ela sempre fugiu das crenças populares da mãe, mas, na brincadeira, quando vê a mancha, prefere se somar à falta de rigor e justificar com o desejo interrompido de ser astrofísica. Fez fotomontagens da sua pequena lua na nádega e, durante um tempo, um autóctone de Chicago com quem saiu por alguns meses tranquilos de verão em Berlim, toda vez que iam para a cama, a buscava sob os lençóis enquanto recitava Armstrong de memória: *Obrigado, senhor presidente, é uma grande honra e um privilégio para nós estarmos aqui, representando não somente os Estados Unidos, mas homens de paz de todas as nações, com interesse e curiosidade, homens com uma visão de futuro. É uma honra para nós participarmos deste momento de hoje.* A lembrança daquelas noites de verão a faz sorrir por um momento, mas a respiração profunda de Dani dormindo ao seu lado a traz de volta para as exigências do presente. O ambiente se assemelha muito com uma convalescença, com um excesso de incômodo. Romã. Uma rima visual.

Ninguém existe se não for desejado. É a nota mental que ela utiliza para reprimir a culpa. Se obriga a pensar nisso para não suscitar novos afetos. Ninguém a desejou como mãe, tem certeza disso, diz para si mesma. Como se sentiriam um com o outro? Como se sentiria se fosse a mãe de alguém? E como esse alguém se sentiria se ela fosse a sua mãe? Se aceitasse agora mesmo que o fato de carregá-lo dentro de si já a transforma em mãe, seria como lhe dar boas-vindas para dizer adeus na quarta--feira. Seriam uma perda um para o outro? Mudaria sua maneira de olhar o mundo se ela mesma se concebesse como mãe? Saberia encontrar um modo de proteger aquela criança da crueldade e das intempéries?

Suco de romã. Um desejo que não pode ser satisfeito, uma mancha. Assim, se a versão definitiva do que carrega dentro de si acabasse sendo uma pessoa, isso governaria a sua vida para sempre. Nasceria com uma mancha como um cacho, um pingente de sementes carnosas, translúcidas e vermelhas. Uma pequena romã coroada pelos lóbulos do cálice.

POR FORA, o dia vai se levantando, azul e ensolarado, totalmente alheio às horas de espera incolores dentro do espaço que habitam. A luz do sol, no entanto, escorre pelas janelas sem filtro e se espalha aos pés da cama, misturando duas energias opostas que se complementam. Marta pega o celular e aos poucos vai se conectando a um ecossistema digital que a aproxima de um mundo que parece continuar girando, apesar da fila interminável de decisões que o povoam. Dá uma olhada nas notícias, que tomam a forma de um conjunto de vergonhas coletivas tão colossais que parece que tudo que pode fazer é lê-las, engoli-las e engasgar-se com elas. Depois, ficar sem argumentos e conviver com aquele purê na garganta, feito de guerras, terrorismo, violência de gênero, política ruim e mudança climática iminente. Nada mais. Para ela, render-se todo dia diante do impulso cinza do universo tem o mesmo efeito das ondas do mar contra as rochas: desgastam-na e a modificam pouco a pouco, erodindo o seu otimismo.

Depois abre algum aplicativo e o contraste com o que acaba de ler torna tudo ainda mais degradante, porque ela mesma se vê capaz de esquecer tudo aquilo sem remorso. Logo se alegra por uma fotógrafa que conhece e que recebeu um prêmio importante pelo trabalho artístico com as paisagens habitadas e as pressões que as pessoas que as ocupam exercem. Gosta desse compromisso da fotografia, que outorgue um peso de ordem política, antropológica e social. E como fotógrafa também gosta da comunicação icônica: sentir-se espectadora passiva e se relacionar com os outros de uma forma não física. Se deixa anestesiar enquanto se reconhece mais uma *voyeur* entre milhões de *voyeurs* que se comunicam iconicamente. Percorre pequenos fragmentos de experiências humanas, examina com atenção rostos que às vezes nem conhece, inspeciona comentários e verifica quem foi que deu corações para a última foto que postou. A imagem tem três dias, tirada logo antes de entrar no show de sábado com suas amigas. Mostram a língua, piscam o olho e, com expressões teatrais, mostram uma alegria desenfreada, talvez um tanto forçada. Ela sabe disso muito bem. Sabia disso na noite de sábado e sabe disso agora que se vê com um ar sério. Amplia a imagem e repara no riso exagerado. É um riso grotesco, tendo em conta que pretendia encobrir o que naquele momento já sabia, que está grávida. O riso não celebrava a notícia, simplesmente a dissimulava. Além disso, justifica-se internamente, era uma gravidez que não desejava levar adiante, que, depois do show, ao fim de alguns dias, teria sido apenas um susto. Riria e cantaria e dançaria naquela noite então. Tinha decidido isso. Achava que era muito importante se esforçar e estar bem e assim conseguir que as outras pessoas estejam melhor ao seu lado. Já tinha feito isso outras vezes. Também sabe que se tratava de evitar que alguém perguntasse se alguma coisa tinha acontecido. Não é o tipo de notícia que gosta de sair espalhando. Esse era o objetivo das risadas, esse e buscar não alarmar Dani, fazê-lo sentir que, superado o obstáculo, tudo continuaria igual. Em seguida, vêm as imagens do sobrinho engatinhando, que a sua irmã deve ter postado na noite anterior. O sobrinho com a boca e as bochechas cheias de molho de tomate, os dois olhos como faróis, tão vivos, tão atrevidos, a olhá-la na cara. O sobrinho dormindo e os seus sonhos cheios de experiências primitivas feitas de leite, de cores e de texturas que devem se organizar dentro de sua cabeça angelical. Com o que sonha alguém que não viveu o suficiente para saber que a vida se resume a tomar decisões e assumir as consequências? Marta dá um coração para cada uma das fotografias e procura não se deter muito nisso. Ainda imersa naquele mundo virtual, vai deslizando o dedo por sorrisos e olhares de pessoas que queriam ser outras, que queriam ser elas mesmas, mas em outras circunstâncias, talvez com o útero vazio, talvez com o útero cheio, mas que buscam obter uma resposta, um coração, um ícone, um pouco de amor em estado líquido. Tem vontade de trasladar aqueles pensamentos para o papel para dar forma até transformá-los em projeto fotográfico. Tem em mente uma exposição que considera ambiciosa, uma série de fotografias sobre a dualidade que mostre o que os personagens fotografados projetam socialmente e o que realmente são no momento de captar a imagem. Torce para encontrar tempo e espaço para levá-la a cabo.

Fecha o aplicativo e se dedica a conferir as notificações de e-mail. O primeiro que lê parece miserável: alguém completamente desconhecido a parabeniza por seu aniversário com meses de atraso via LinkedIn e aproveita para vender os seus serviços como consultor de branding pessoal. *Idiota*, xinga em voz baixa. Apaga o e-mail e de repente reconhece o nome do remetente que está logo abaixo. Um nome que provoca um forte chacoalhão interno, como uma vertigem: Meyer Riegger. Seu coração dá um pulo. A primeira reação é sair do mundo virtual e dar uma olhada em Dani, que dorme bem abraçado ao travesseiro, e inconscientemente se aproximar da tela do celular e incliná-la na direção contrária à do homem que tem ao seu lado. Fecha os olhos e murmura *bitte* enquanto espera que todo o texto carregue na tela, exatamente como se uma súplica pudesse mudar o futuro quando o futuro já começou. Lê, impaciente, e precisa recomeçar três vezes porque lê por cima e com pressa para encontrar a pérola que busca. E a encontra. E se exalta. E suas bochechas coram. E nasce nela um sorriso puro. E olha para Dani. E deixa de sorrir. Ele respira alheio à notícia. E a pérola brilha: comunicam, com uma formalidade de embrulhar o estômago, que receberam a sua candidatura e que seu perfil se encaixa nos requisitos da vaga para a galeria Meyer Riegger. Acrescentam que, depois de ter lido seu currículo, gostariam de entrevistá-la pessoalmente. Dão duas datas possíveis para ela marcar a entrevista em Berlim e um prazo máximo de três dias para ela responder o e-mail. Com uma felicidade passageira, veste sua calça jeans muito rápido e coloca um suéter de lã cinza. Com a agitação mental, não se lembra de colocar o sutiã. É um descanso poder esquecer o corpo por um tempo depois de dias tão consciente dele. Escova os dentes freneticamente e sai para a rua com Rufus. O caminhar lento do cão velho sempre marca o ritmo de quem passeia com ele, mas hoje os papéis se invertem. Marta é incapaz de esperá-lo e a cada instante ela se volta para ele e pede que se apresse. O cão olha para ela, paciente. Sabe que hoje não conseguirá manipulá-la com um simples olhar. Ela caminha sem rumo, não sabe para onde vai, mas está claro para ela que necessita deixar-se abraçar pelo vaivém anônimo da cidade que já está em movimento. Como cancelaram a reportagem daquela manhã, não tem nada para fazer até de tarde, e tanta liberdade, num dia cheio de decisões a tomar, é aterrorizante. Seu pai mora a poucas paradas do metrô. Isso a tranquiliza. Se pensa em Dani, a apenas umas ruas adiante, fica histérica. Compra pão e um maço de tabaco, chicletes de menta, compra alhos e limões de uma cigana que a chama, *rainha, bonita*, diante de um supermercado. Não se atreve a olhá-la nos olhos quando paga porque sempre acreditou na força das mulheres que têm o cenho franzido, na sua capacidade de ver através daquele vinco cheio de teimosia, e não quer que ninguém a escaneie. Não precisa de alho nem de limão. Muito menos de chicletes, mas aqui está, atravessando a cidade com um monte de coisas desnecessárias e pensamentos pairando sobre si. É uma forma de adiar, de ir somando minutos para ter a oportunidade de pensar antes de tomar as decisões que acredita que podem marcar inevitavelmente o resto da sua vida. Tudo que precisa fazer é assumir que a vida é sua, parar nessa encruzilhada de caminhos e decidir para onde seguir. Quer encarar tudo isso sozinha, ser honesta consigo mesma, mas não pode ignorar que não divide apartamento com um simples amigo, que ela se une a Dani por outras coisas, coisas bastante importantes para ambos, o amor, a companhia, a amizade, e que seu comportamento também o afeta. A reciprocidade com a qual estava apenas se acostumando e que era tão agradável repentinamente a incomoda um pouco, como comer um sanduíche diante do mar, curtindo o momento, e de súbito mastigar um grão de areia que ressoa dentro da cavidade da cabeça. A depender de como, Dani é o mar, é intensidade, risadas, boa conversa, toda a erótica que ainda perdura praticamente intacta nele. É uma espécie de proteção sob a qual pode seguir sendo uma menina e, ao mesmo tempo, ela cresce com o olhar dele e se torna uma mulher atraente e livre. Pergunta-se se isso é suficiente para descartar um emprego com o qual sonha há tanto tempo e descartar também um futuro mais promissor como fotógrafa em Berlim. Ali, até pouco tempo antes, tinha a sensação de que estudou o que não devia e que por isso nunca consegue encontrar um bom emprego ou um em que seja devidamente paga; há um tempo, porém, quer pensar que não é que não tenha estudado o que não deveria, mas que o sonho não existe em Barcelona. Lisa Becker, sua amiga, uma alemã que é tradutora e com quem dividiu apartamento em Barcelona durante dois anos, agora vive em Berlim e vira e mexe a incentiva a se mudar para lá porque, segundo ela, o mercado é muito mais dinâmico, e tem certeza de que Marta poderia expor em galerias ou até trabalhar na publicidade ou no cinema sem encontrar muitos obstáculos. Ela tem um monte de contatos por lá. E tem o apartamento da avó. Quem recusaria uma oportunidade como aquela? Só de pensar nisso, sente aquela fome intelectual e criativa que a preenche tanto. O que fará, então, com essa bolsa cheia de possibilidades?

É diante dessa pergunta que Dani se torna um grão de areia. Não tem como medir isso, pois já sabe de cara que basicamente não existe balança que equilibre com sucesso a plenitude afetiva e o êxito profissional, e também intui, ou força um pouco a intuição para se justificar, que a comodidade do amor sempre é passageira. Precedem-na muitas gerações enganadas, que esperavam se encaixar com outro por toda a vida. Ela não quer se comprometer com nada concreto e toma por dado que ele também não. O que não esperava era a ilusão dele. Essa reformulação das expectativas e a nostalgia de tudo aquilo que não viveu. Gosta dessa coisa nova do homem com quem vive agora, que espere tantas coisas dela, tanto ao ponto de querê-la como mãe dos seus filhos, mas não sabe como encaixá-lo nos seus projetos imediatos nem em sua forma de encarar a feminilidade. Sente que a gravidez veio para determinar o lugar que cada um ocupa, ou talvez seja a possibilidade desse novo trabalho? Não tem certeza, é uma mulher prática, essas reflexões trazem o pior dela. Um filho, Berlim, coisas tão diferentes e, no fim das contas, com consequências tão determinantes. Precisaria de um tempo de deliberação, o que não tem para nenhuma das duas coisas. Seja como for, não se lembra de Dani ter demonstrado desejo de ter filhos antes.

Era um entardecer do começo do outono e passeavam com uma moto alugada pela cidade. Dani dirigia. Tinha sido um dia bem quente, e saíam da casa de Carles e Irene, cuja filha tinha nascido há poucas semanas. O sol começava a se pôr e ainda havia uma boa quantidade de turistas na praia do Bogatell. Uma gaivota se recostava sobre o semáforo, que ficou vermelho, e então uma mulher jovem atravessou, de mãos dadas com uma criança bem pequena. Andavam muito devagar. Era engraçado, porque a menina era miúda e os passos que dava eram extremamente desajeitados. Todo mundo olhava para ela. Marta pensou que devia fazer bem pouco tempo que ela tinha aprendido a andar. A mãe ia nomeando todas as coisas com um tom agudo: *passarinho, árvore, moto, ônibus. Olha o ônibus, tchau, ônibus!* A menina ficou perplexa olhando para o ônibus que passou em alta velocidade, um pouco mais à frente, com um protagonismo inesperado. Em cima da moto, Marta apoiou o queixo no ombro de Dani e sentenciou:

— A gente não teria filho nem fodendo, ele seria o fracote da turma, a escola vira e mexe ligaria para gente porque morderam ele ou porque passou mal na educação física.

— Eu também te amo, Cruella de Vil.

Sem tirar os olhos do semáforo, Dani acariciou a perna dela, levemente bronzeada, que trepidava com a vibração do motor. Ela o pegou pelos dedos e disse que, na realidade, seria um menino maravilhoso, *um molenga como você, mas o melhor dos molengas*. E porque ele girou na direção dela, surpreso, com uma emoção nova no rosto, Marta riu abertamente, mostrando os dentes brancos, a abertura da boca escandalosamente jovial, e, olhando-o nos olhos, fez que não com a cabeça.

— Nem fodendo, Dani!

O sinal ficou verde. A cada curva, Marta inclinava o corpo na direção dele. O vento batia na sua cara e enviava rajadas do cheiro de Dani, do seu desodorante e daquele perfume meio doce que ela gosta. Abraçou ele pela cintura porque teve algo como uma pequena revelação, um calafrio ao saber que o amava.

Quando ainda não são nada, as palavras que desenham os pensamentos projetados na direção do futuro se abrem e se fecham como um leque, um catálogo de possibilidades que se folheia com indiferença, sem pressa nem emoções à flor da pele. O futuro é apenas um jogo de velhos. É ao presente que a juventude se aferra.

MARTA SOBE A PÉ os três andares porque o elevador não funciona. Junto ao coração, leva a sacola, agarrando com mais força do que o necessário, com os limões e os alhos, e dentro da cabeça uma conclusão meteórica: não pode ser um erro querer ser feliz, ainda que para isso seja preciso corrigir a vida. Quando coloca a chave na fechadura, nota as mãos trêmulas. Uma vez que está dentro de casa, o cheiro de pão torrado a invade, como uma baforada de fim de semana, mas não demora a lembrar que é uma terça-feira afiada como uma navalha cravada no pescoço.

— Onde vocês estavam? — Dani pergunta, fazendo carinho nas costas do cão. — Preparei café da manhã pra você.

Marta deixa cair as chaves, os alhos, os chicletes e os limões sobre o mármore da cozinha. Respira fundo. Não é um suspiro, mas a falta de ar de um peixe ofegando. No pequeno círculo entreaberto dos lábios, adivinha-se um buraco cheio de pedidos: pare de querer me agradar, faça com que seja mais fácil te dizer que aceitarei esse trabalho porque você precisa saber que decidi aceitá-lo. Ele afasta os cabelos do rosto dela.

— O que foi?

Foi-se a vida, foram-se os trens. Tudo se foi. Mas não fala para ele.

— O elevador não está funcionando.

— Merda, de novo? — Ele aproxima dela um prato com duas fatias de pão torradas e repara nos limões e nos alhos. — Eita, e isso aqui?

Marta se concentra para recalcular a rota que trazia na cabeça. Molha os lábios com a língua para tomar impulso antes de saltar. Porém, não salta. Nota que ainda precisa ganhar mais velocidade.

— A cigana, aquela do outro dia, estava lá, e eu pensei em comprar alguma coisa dela.

Ele ri e olha para ela. *Te adoro*, diz enquanto lhe alcança um pote de geleia da geladeira. Marta faz um esforço para lembrar dos olhos sem fundo da cigana; *rainha, bonita*, pensa naquela determinação, o cenho franzido, a pele morena esticada pelo coque na cabeça. Pensa na cigana da mesma forma que uma ginasta coloca magnésio nas mãos para não deslizar nas barras paralelas antes de executar o exercício. Olha o pote de geleia que tem na mão e então sua garganta se comprime e relaxa e ela decide saltar.

— Pode sentar por um momento, Dani?

E pelo tom e o olhar abatido de Marta, pela forma como ela o pega pela mão e o faz sentar, ele já sabe que o que vem em seguida será material para uma narrativa ou um bom filme sobre perdedores.

ÍMPARES

19

No começo, a expressão de Marta é contida. Não quer que os nervos a traiam e sabe se controlar. Diz que não pede compreensão nem compaixão, apenas procura se explicar, que a escute atentamente, que, convenhamos, ela sempre foi um espírito livre, mas que precisa saber que ele também está dentro dos seus planos.

— Não estou te deixando de lado, viu? Mas não posso decidir por você. É você que tem que tomar a decisão, é óbvio.

Cede um pouco de espaço para ele respirar. Para o discurso por uns segundos. Ele processa a notícia: se passar na entrevista, ela vai aceitar o emprego na galeria de Berlim e vai se mudar para lá. Ela olha para a pequena janela da cozinha que dá para o pátio interior do prédio. Dani arranha a mesa com a unha para desprender uma migalha de pão que ficou incrustada. Como o silêncio começa a pesar entre eles, parece feito de areia molhada.

— Decidir o quê? Se continuamos juntos?

Pergunta com cansaço e tristeza impressos na voz. Depois faz que não com a cabeça e a olha com menosprezo.

— Não! Não falei da gente se separar em momento algum, Dani!

Ela também precisa acreditar no que diz, por isso aperta o pulso dele, apoiado sobre a mesa. Por isso modula a voz e procura preenchê-la com verossimilhança. Uma coisa não tem nada a ver com a outra, explica. A atuação excessiva dela para convencê-lo contrasta com o abatimento dele, tão verdadeiro.

— Eu conto com você vir comigo. Faz muito tempo que te digo isso, Dani. Todo mundo vai embora. Não é pra tanto. Olha a Magda e o Roger, ou a sua irmã. E a Alicia? Em Boston! Berlim não é longe, poderíamos vir ver nossa família e amigos com frequência. Você pode trabalhar de onde quer que esteja.

— É você quem diz. Posso escrever onde estiver, mas não quero fazer videoconferências todo dia. E as reuniões? Além disso, tem as aulas que dou aqui.

— Mas você não gosta de dar aula, não é? E pense que, com o que me pagariam, você não precisaria do extra das aulas, e se a gente morasse no apartamento da minha avó, economizaríamos o aluguel que pagamos agora. Viveríamos bem pra caralho, Dani.

Ele suspira com os olhos fechados, passa a mão pela barba, inquieto. Se pergunta se quando diz que *viveríamos bem pra caralho* ela deixa espaço para o filho. E, maldoso, se pergunta se Marta lembra que amanhã é quarta-feira. Em seguida se sente muito miserável. De súbito sua voz sai, retumbante:

— Vamos ver, Marta. Porra, o que você quer que eu te diga agora? O que você quer ouvir, hein? Que estou de acordo, que acho maravilhoso, que vamos mudar de planos, que vamos embora pra Berlim?

Marta olha para o chão.

— Você é bastante egoísta, sabe?

— Eu. Eu sou o egoísta. Faz um ano que decidimos alugar este apartamento e começamos a nos relacionar mais a sério e você se esforça pra cair fora na primeira chance, mas eu sou o egoísta. Sim, senhora, muito bem.

— Barcelona não é o mundo, Dani. Vamos ficar aqui então. E aí? Vamos ficar aqui e ir para um escape room todo os fins de semana e depois voltar para este apartamento minúsculo, fingindo que, com a bobagem das masmorras e da prisão e da porra toda, conseguimos fugir, e que já não lembramos da gloriosa merda que comemos todo dia. — Ela agarra o rosto dele entre as mãos, e os dois se olham fixos. — Dani, me escuta bem porque só vou te dizer uma vez: vou pra Berlim na semana que vem pra entrevista. Se me aceitarem, eu vou me mudar pra lá. Quero que a gente vá juntos. Vem comigo, por favor.

Por um momento quase consegue senti-la pensar, e, nesse momento, se dá conta. Se dá conta de que poderia comprar a ideia que ela lança. Poderia dizer que quer ter uma vida com ela, com ou sem filho. Que quer transformar Berlim no destino final de uma vida bastante itinerante. Ele se dá conta de que não pode seguir interpretando esse personagem cinzento, pois Marta não suportará viver com alguém tão infrutífero, e esta é a oportunidade. Mas, ao invés de se atrever, uma verdade tímida, que é a sua, se mostra.

— A gloriosa merda que comemos todo dia? Porra, Marta, até parece que a gente vive mal. O que tem de tão terrível na nossa vida? Achei que você estava bem aqui e bem... comigo.

— Eu me referia aos trabalhos, você sabe...

— Os nossos? Mas somos privilegiados por termos eles. Você vive obcecada!

Nesse ponto Marta explode. Berra. Há ira e urgência. Explica que está farta das bolsas de um ano para ir tocando a vida, dos empregos temporários, mas o que mais lhe dá nos nervos é que ele não se alegra, não percebe que o trabalho na galeria é uma boa notícia, não fica do lado dela nisso, *nessa oportunidade que também é pra você, sabe?*

Quando a percebe tão fora de si, com o rosto desfigurado, gesticulando de forma desmedida e agressiva, compreende a grandeza que ela espera da vida e como essa alegria é irresistível. Sente uma coisa semelhante à inveja. Quer a sua fúria, a sua paixão para oferecer Barcelona ao invés de Berlim, como quem troca figurinhas; as rotas previsíveis que ele começa a traçar para os dois, a ideia de estabilidade e esse novo desejo de família.

— Vou pra Berlim na semana que vem. Faça o que quiser — ela conclui, cruzando os braços na frente do peito.

Por um momento, Dani esquece como é senti-la longe quando está fora durante semanas, como é admirá-la quando fala com os outros, como é fazer amor com essa mulher, como é comê-la, como é fazê-la rir, escutá-la cantar no banho, como é entender o silêncio contido das suas fotografias. Por um momento, comete o erro dessa breve amnésia e arremete com frases inacabadas que querem feri-la, que começam com um tom depreciativo, mas que não dão em lugar nenhum, apenas sugerem, *Você é uma... É tão... Apenas pensa em...* Apaga como fósforos antes que queimem seus dedos.

— E o que eu quero, Marta? Não tem importância nenhuma? — finalmente grita.

Ele levanta da cadeira e sai da cozinha. Se deixa cair no sofá. Ela o segue rápido, movida pelo próprio interesse.

— E o que você quer, Dani? Pense bem no que vai dizer. O que você quer?

Ele estica o braço, aponta para o ventre, a obviedade. Pede para ela sentar. Ela obedece, cheia de pressa.

— Tem a ver com o meu pai.

O salto do coração é como um golpe seco. Não costuma falar do seu pai, apenas pensa nele, e isso é o suficiente, por isso mencioná-lo lhe outorga uma presença que inesperadamente altera o rosto de Marta. Ela entende que esse terreno pantanoso não lhe pertence. Nunca entrou nele e ele nunca a convidou para entrar. Sabe que lá habita um fantasma que tensiona o frágil fio do triângulo que une Dani, Anna e a mãe deles, e não entende por que o invoca agora. Desde que estão juntos, é muito claro para ela que Dani guarda o pai como uma lembrança aflita e enraizada num lugar profundo. Percebeu uma dor contida na forma como Dani engoliu a saliva no dia que lhe mostrou as fotos do álbum que ela encontrou durante a mudança, o som triste que sua voz fez ao responder o que ela perguntava: como se chamava, quantos anos tinha, com o que trabalhava. Ele se dirigia ao assunto com detalhes precisos, apresentava a Marta um homem que poderia ter sido qualquer outro, não um pai. Contou de forma curta e grossa para dinamitar qualquer possibilidade de se aprofundar numa ferida que tinha certeza que ela não conseguiria entender. Como compreender o arco protetor que o cobriu durante tão pouco tempo, a saudade do contato físico, a segurança daquelas mãos tão grandes que foi totalmente tirada dele? Apesar do campo de batalha por onde transitam há algumas horas, Marta pega na sua mão, recuperando o entendimento que têm compartilhado até hoje. Reunidos dentro de um nó de dedos, o afeto e o apreço. Ainda que custe, ela espera, impaciente, que ele fale.

— Acho que quero ser pai. Me parece que preciso ser. — Dani crava o olhar no ventre dela. — É que do nada, Marta, do nada o meu pai... Nem sei como contar isso, mas é que eu sinto falta dele ou alguma coisa parecida. Sei que não faz muito sentido, mas penso que se eu fosse pai, de algum modo não me doeria tanto não ter tido o meu. E gostaria que fosse um filho seu, Marta, não de qualquer outra.

Ela solta a mão dele e se apressa em arrumar o cabelo por trás das orelhas. Não é menosprezo. É, antes, um medo aterrorizante. Não quer ser contagiada por essa necessidade, nem se deixar vencer por essa nova informação que a pega desprevenida e que sabe que debilita sua determinação. Para dissimular, vai até a cozinha e serve água para o cachorro. Dani a segue, lento e pesado como um caracol que vai deixando seu rastro. Rufus se aproxima e balança o rabo. Olha para eles com uma complacência cruel, dadas as circunstâncias, e bebe água de forma barulhenta. Eles tocam nele. Fazem carinho nas costas do animal sem se olharem. Rufus atua como o depositário de um amor que não sabem como dar um ao outro. Agora que se necessitam tanto, têm que se repelir para defenderem as posturas que sustentam. Entra um raio de sol pela janela da cozinha que captura todas as partículas de poeira suspensas no ar que dançam como se nada acontecesse. O sol, a poeira, os limões, a bolinha de Rufus e umas torradas abandonadas no prato. A ousadia das coisas ordinárias, a indiferença com que observam a cena, a perversidade com que veem como ela procura o olhar dele e em silêncio nega com a cabeça. Como diz não à requisição dele. Ele, cego de irracionalidade, continua.

— Mas a gente estava bem antes de tudo isso, Marta. Nos damos bem juntos. Acho que poderíamos tentar, que saberíamos ser pais, e que seria divertido. Apenas pense mais uma vez sobre isso.

— E eu te peço que considere ir embora de Barcelona.

Se olham a partir dos seus delírios narcisistas. Entendem que é preciso ceder um pouco. A rua sem saída onde foram parar incomoda ambos. Sabem que os seus propósitos separadamente se transformam em possibilidades, mas juntos são inatingíveis.

— Vamos juntos pra Berlim, Dani.

Parece exausta, irritada ou desesperada por causa do que ele acaba de declarar, mas decidida a deixar isso para trás e seguir adiante. Ele toma ar para não se sentir encurralado, para tentar se separar da paranoia, do pensamento a curto prazo, por pura sobrevivência. Sente uma sombra sobre si, algo cinza, e subitamente se dá conta de que sua mãe reverbera nele, no ressentimento contra tudo, na maneira que tem de contagiar tudo com seu pessimismo, se deleitando no infortúnio onde ela vive ancorada e na sua habilidade para aprisionar os outros na negatividade que transpira. Dani não quer se transformar nela. Sabe que também deve ter herdado a luz que ela emitia nos primeiros anos. Que inclusive poderia deixá-la sair à superfície se superasse sua casca. Talvez ser o homem da casa fosse isso, e não outra coisa. Talvez essa fosse a sua missão, a única rebelião.

— Está bem — diz depois de uma longa pausa. — Mas em alemão só sei falar *Kannst du bitte wiederholen*. Vou precisar aprender alemão. Que saco, hein?

Marta se ilumina toda com uma pátina que lhe devolve o tom que corresponde a ela. Ri. Se lança ao pescoço dele, enche de pequenos beijos, como frutas do bosque. Miúdos, comestíveis, silvestres. Ele sente uma reordenação neuronal, mas na sua decisão não há nem um fio de generosidade. É antes uma estratégia de adiamento. Volta a deixar entrar dentro de si uma possibilidade áspera onde existe espaço para o que ela vai dar em troca. Berlim em troca do filho. Sempre é possível fugir de uma cidade. Se cala. Acredita que agora não é o momento, antes de amanhã encontrará a maneira de propor isso, e simplesmente a abraça. Não quer ir para Berlim. Tampouco quer perder alguém que ama como devem ser amadas as mães dos próprios filhos.

20

A calidez dos invernos barceloneses foi alterada há poucas horas pelo anúncio de uma onda de frio. Quando Dani atravessa a rua Balmes, a serra de Collserola e o Tibidabo aparecem caiados por uma fina capa de neve. O sol da manhã e agora o céu de um branco sujo. Vê sinais em toda parte.

Clara o recebe no seu escritório, se cumprimentam com dois beijos. Ela fala que está com a ponta do nariz gelada. Dani se alegra em silêncio por recuperar o tom íntimo e amistoso que estrearam ontem. E se deixa envolver pela elegância das estantes, o sofá de linhas modernas, a papelada em cima da mesa central de madeira maciça. Sobre ela há um jarro com flores frescas e fotos que ele supõe serem dos filhos dela. Percebe uma harmonia que delata a inteligência ordenada de Clara. Sempre que se move num espaço equilibrado e bem decorado, ele é invadido por um sentimento abstrato de não estar à altura, de não se encaixar. Um eco, uma miragem de classe.

— Quer tomar alguma coisa?
— Posso fumar?
— Não. Sinto muito. Café?
— Pode ser.

Observa ela administrando a pequena recepção. Volta a considerá-la muito atraente, possivelmente porque ela não pretende agradá-lo. Ele a colocaria como a heroína de um filme de Almodóvar, com um protagonismo exagerado, lutando entre a modernidade e a tradição. Tem o aspecto distinto de alguém disposto a consertar o mundo. Como comunicar que vai para Berlim? Sentam um de cada lado da mesa, respeitando a hierarquia profissional.

— Disseram que talvez neve, que a temperatura vai cair em Barcelona.

Clara faz uma careta, como se segurasse o riso diante da informação supérflua que ele acaba de soltar.

— A temperatura vai cair? Agora entendo por que me fez remarcar a reunião que eu tinha nesta tarde. Você se preocupa que o tempo piore então... — Não consegue terminar a frase, pois cai na gargalhada. — Ai, Dani, sério. Vamos direto ao ponto. O que era tão urgente?

— Berlim.
— De novo?

Joga o corpo para trás, desiludida, e lança uma caneta sobre a mesa. Sua expressão se torna sombria.

— Não, não, Clara. Não me refiro à série, perdão. Bem, sim e não. Quem vai pra Berlim sou eu. Vou me mudar pra Berlim.

Ela arqueia uma sobrancelha e olha para ele surpresa. De súbito bufa, cobre a cara com as mãos e, quando ele tenta uma explicação, ela impede com a mão e pede que a deixe pensar. Dani recebe isso como uma reação hipercrítica. Ela fica calada por um bom tempo até dizer que não poderão trabalhar à distância. Não em *Lara*, se é isso o que vinha pedir. Ele sente um aperto no estômago, um queimar no coração. *É impossível, Dani*. Os encontros presenciais com a equipe, ainda que sejam curtos, para ela são um totem na sua maneira de trabalhar. Não os estende mais porque sabe que estão acostumados a trabalhar em casa e o que não queria, quando começou na produtora, era chegar e alterar a sinergia da equipe, mas precisa desse contato com eles. Se interrompe, volta a pegar a caneta, põe e tira a tampa sem parar, e Dani olha para isso como se a mulher que tem à sua frente estivesse a ponto de ativar a bomba que ele mesmo tinha deixado sobre a mesa e que fará voar pelos ares todo o seu futuro profissional.

— Mas, Dani, olha só — diz, enfim. — Não falei nada no outro dia porque me faltava a confirmação, mas aprovaram e tenho financiamento pra um projeto novo. E a verdade é que tinha pensado em você. Gosto muito de como você trabalha. A sua disciplina. Muitíssimo, de fato. Gostaria que a gente fizesse isso juntos. Incorporando mais alguém à equipe, é óbvio. Estou pensando no Jaime, na Laia, ainda não sei, alguém jovem com vontade de devorar o mundo. Então seja franco comigo: você poderia se comprometer com um ou dois encontros presenciais por mês?

Ele sente uma mistura de reconhecimento profissional com claustrofobia emocional. Ela o quer num projeto novo, mas a série *Lara* acabou para ele. Um encontro por mês. Como explicar para Clara que, se pensa no futuro, apenas vê um buraco escuro que demarca os limites de tudo que virá? Não consegue se ver num lugar que desconhece, num apartamento onde não viveu, sob um ar que ainda não respirou, num voo em que ainda não embarcou, mas, em vez disso, pensando em termos práticos e se projetando no futuro, se vê capaz de deixar Marta sozinha com a criança uma vez por mês. Seria uma loucura dizer não para o que Clara está oferecendo, seja o que for. Não querer cair na desgraça econômica é uma coisa que te impulsiona a agir, não?, diz para si, e em seguida se reafirma, pois não quer deixar de ser útil socialmente nem ficar de lado por uma paternidade que, no fundo, parece cada vez mais improvável.

— Sim, claro, com certeza.

Tenta parecer convincente. Procura estar à altura. Sente-se uma versão mais corajosa dele mesmo, no feminino e sem problemas de insegurança. Clara inicia um discurso sério sobre o projeto, dá nomes, cifras, especifica brevemente o que espera dele. Sente-se são e salvo, ao mesmo tempo em que se dá conta de que, de novo, é a cabeça pensante de uma mulher que dirige a sua vida enquanto ele se limita a ser um corpo à disposição, um homem cativo das ideias dos outros, estéril fora das ficções que cria. Continuam falando de trabalho, de como se retirar do outro projeto sem muitos danos colaterais, e estranha que ela não pergunte os motivos pessoais que o levaram a tomar essa decisão. Por mais que saiba que a argamassa da relação recém-começada com Clara é feita de roteiros e de trabalho, no fundo, quando atravessou a porta, vinha receber o afeto que achava que ela lhe oferecia no pub, no dia anterior. Precisa de um projeto novo, mas precisa ainda mais urgentemente compartilhar o desassossego que sente. Não quer acreditar que o que intuiu ontem como uma afinidade com ela fosse apenas uma metáfora social desgastada. Ignora que não é que Clara não queira aprofundar mais essa amizade em potencial, mas que ela intuiu a mesma coisa e, de algum modo, sente muito por saber que a partir de agora ele somente poderá estar presente através de conversas pelo Skype. Acreditava que poderia contar para Dani que conseguiu o número de telefone da garota da academia e propôs um encontro, queria dizer isso no momento em que se sentaram, compartilhar isso, contar a estranheza que ainda provoca nela o que está tentando com a mulher desconhecida. Exceto por Dani, não falou disso para ninguém mais.

Dentro do escritório, nenhum dos dois encontra proximidade física o suficiente para dissipar o isolamento que de repente sentem. Ambos conhecem bem essa sensação, já passaram horas sentados com ela. Esperavam a aliança e a conexão do dia anterior, mas deram de cara com a impossibilidade de reunir a quantidade de intimidade desejada. Acreditam que a pessoa que está à sua frente pode prescindir deles. Ficam em silêncio. A bola foi parar em terra de ninguém. Surpreendentemente, é ele quem enfim rompe o silêncio.

— Marta está grávida.

— Poxa. Então como é que você pode ter tanta certeza que poderá vir pra Barcelona pelo menos uma vez por mês?

O sarcasmo que Clara deposita na interrogação o desconcerta. Talvez ainda mais pela rapidez com a qual disse. É sério que está pensando somente no trabalho? O que esperava de alguém que acabou de conhecer? Até um momento atrás, teria posto a mão no fogo que o *vamos tomar um café um dia desses* de ontem à noite não era uma convenção social desgastada, que poderia aprofundar aquela possível amizade que parecia ter surgido entre eles. Machucado, considera esse jogo perdido.

— Dani, vocês, homens, estão acostumados a não serem penalizados pelo mercado de trabalho na hora de ter filhos, mas acho que você não pode me dizer, como está dizendo neste momento, que daqui a uns meses poderá combinar paternidade e trabalho. Estou oferecendo o projeto precisamente para você devido ao rigor que você demonstrou até agora, pela forma como escreve, evidentemente, mas também por como você se compromete. Não posso botar a perder, entende? Não sei nada de vocês, nem de você nem da sua companheira, e você não tem como saber neste momento se ela ou a criança vão precisar que você esteja perto, se justo nos dias em que eu e você vamos trabalhar você não precisará estar ao lado delas.

Com a masculinidade em migalhas, Dani tem a sensação de que precisa se defender, como se tivesse sido acusado de algum delito. Ela insiste que não se trata de um trabalho espontâneo, que a sinceridade é importante e que os vínculos pessoais precisam existir. *Confiança, Dani. Falo de confiança*. Que não busque apenas a gratificação instantânea, porque não se trata disso, que ela é old school, garante, e quando parece retomar seu discurso empresarial, a Clara da noite anterior desperta de uma longa letargia, toma as rédeas, se levanta, faz um barulho gutural, como de relaxamento, que a faz rir de si mesma, se aproxima dele, ainda sentado na cadeira, bota as mãos nos seus ombros e o sacode.

— Parabéns! Merda de trabalho, céus! Você acaba de me contar que será pai e eu falando de trabalho.

— Não, não tem problema. Além disso... Podemos conversar um pouco? Não de trabalho. É que o mais provável é que não vá acontecer. O filho, quero dizer.

Se olham nos olhos para dizerem tudo aquilo que apenas o silêncio pode expressar. Então Clara caminha até a mesa e abre uma gaveta. Volta para o lado de Dani e mostra numa mão um isqueiro e na outra dois baseados já bolados.

— Se eu abrir a janela e fumarmos um, você vai aguentar a.... Como era? A queda de temperatura?

Quarta-feira
Semana nove

21

— ***Porra, Dani...*** Vou dar mais duas voltas e, se não achar lugar, deixo o carro no estacionamento que vimos antes. Merda de cidade. A gente poderia ter vindo tranquilamente de metrô e depois ter pego um ônibus.

— Já te disse pra ir direto pro estacionamento. Esse é o último dos nossos problemas.

Se calam. Se esforçam para não cair nas típicas discussões de casal às quais se entregaram nos últimos dias. Não era o que queriam. Gostavam-se mais sem a responsabilidade de precisar abolir os tiques pautados e repetitivos, quando acreditavam que talvez fossem um casal único, sem nenhum sinal de autocomplacência.

Marta dá seta para a direita. O barulho é limpo, organizado dentro do vazio do carro que sempre tem cheiro de escritório pulcro, com uma nota do perfume que o seu pai usa faz anos. Antes de entrar na clínica, ela buscará o ombro esquerdo para encontrar o rastro do pai na jaqueta, onde o cinto de segurança a apertou. Na quinta passada, eram dois indisciplinados pensando que o mal não os afetava; seis dias depois, conhecem o sofrimento.

Dão uma última volta, por garantia, e enfim embicam no estacionamento.

— Pegou os papéis?

Dani fecha a porta do lado do carona, que ressoa como um trovão no espaço escuro. Ela sente que, com o tom suave da pergunta, com a delicadeza com a qual pronuncia *papéis*, ele quer demonstrar que não guarda rancor. Respira-se uma sensação de tolerância entre ambos. Ontem à noite, discutiram muito intensamente. Terá sido a discussão mais pesada que já tiveram. Se preparavam para esta quarta-feira decisiva. A logística. Com frequência as maiores decisões são menos calculadas que as pequenas decisões cotidianas. O choque do abstrato com elementos tão terrenos como o transporte, as ligações para o trabalho, a documentação, as horas que viriam depois, se deixariam Rufus com os italianos da frente, se desmarcavam a calçotada do domingo seguinte com os colegas de trabalho de Dani, a desculpa que inventariam caso não fossem, considerando que eles organizaram. Toda a atenção posta nas pequenas decisões, preenchê-las de matizes que as grandes decisões não precisam. No fim das contas, as grandes decisões podem ser respondidas com sim ou não. Vem pra Berlim? Vamos ter esse filho?

Ele sabia que, na sexta-feira à tarde, Marta tinha ido à ginecologista para saber o que fazer a partir daquele momento, mas foi na noite anterior que, bem de passagem, meio que sem querer, quando decidiam como iriam no dia seguinte, ela comentou que, na sexta, com o seu pai, depois da ida à ginecologista, passaram na frente da clínica onde fariam o aborto para calcular distâncias, e não parecia custar muito para estacionar na área. Ambos se chocavam com o fato das palavras *aborto* e *estacionar* aparecerem na mesma frase. Não disseram isso, no entanto. Sabem que as esquisitices expressas com palavras são simples anedotas. Foi outra coisa que chocou Dani.

— O seu pai?

— Sim, foi ele quem me acompanhou.

Ele sentia a cabeça inchada, ainda febril, presa numa nebulosa de dúvidas. Depois do haxixe barato que fumou com Clara no escritório, ambos acabaram no bar para beber, ele meio ausente enquanto Clara, majestosa, tentava fazê-lo entender que, em vez de tentar defender tanto a sua parcela de autoridade, talvez deveria olhar a maternidade como uma compulsão alimentada pela cultura, pelos valores familiares herdados e pela religião. Ele tinha a impressão de que ela devia saber de cor aquele discurso, à força, e, além disso, ultimamente já o escutara, lera e vira por toda parte. Não é que não quisesse entendê-la, ou que não estivesse de acordo, com certeza a maternidade era uma convenção social que voltava a estar em voga, mas não compreendia em qual sentido o seu desejo de paternidade era diferente daquelas falsas construções. Por que ele não tinha o direito de decidir a sua própria peregrinação rumo à paternidade? Desde a notícia, tudo era novo, inclusive a alegria, ou talvez, por tudo que o sentimento tinha de diferente, acreditava não ser um disparate oferecer a possibilidade de uma família a Marta, lhe agradava se transformar em refúgio, num lugar onde podiam construir vínculos sólidos juntos. Não era isso o que ela também ia buscar em Berlim? Que alguém esperasse alguma coisa dela, enraizar-se? O reconhecimento? Encontrar uma identidade? Ser pai não era isso? Ele achava que podia dar isso a ela, que o mais importante era a expectativa de felicidade.

Clara fez o gelo tilintar, movendo a taça diante dos seus olhos sonolentos, como uma forma de aviso.

— A Marta é jovem. Se tem a sorte de estar ocupada demais vivendo a vida e ser mãe não entra nos seus planos a curto prazo, não é o caso de insistir, Dani. Também não faça isso se simplesmente não entra nos planos a longo prazo dela. Não faça isso e ponto, viu? Morda a língua quantas vezes for necessário antes de dizer para ela qualquer coisa que esteja querendo dizer, se isso se chocar com o que ela quer. Você nem imagina como isso tudo pode ser aterrorizante pra ela.

Aterrorizante. Seu estômago se revirou. Sentiu-se um monstro. Muitas vezes a vida exigia vaidade, mas não nesta ocasião. O que estava fazendo? O que tinha feito? Qual mutação psicológica o levou até o extremo de contradizer Marta nas últimas horas? Olhou para Clara e fez o gesto de iniciar alguma resposta digna, uma desculpa, uma tentativa de entendimento, mas sabia que nunca seria capaz de colocar em palavras o desejo inalcançável de reencontrar seu pai através de um filho próprio. Cobrir um vazio com um filho, um objeto fantasiado. Ele não conseguia entender e, portanto, não conseguia fazer ninguém entender. Além disso, pensou, por que confiaria em alguém que, como ele, trabalhava com uma coisa tão frágil como a ficção? E se Clara estivesse errada? E se mais para a frente Marta quisesse tentar e então já fosse tarde demais? Quantas vezes tinha escutado de gente próxima que a ciência solucionaria os seus problemas de fertilidade e, quando decidiam ter um filho, enquanto sopravam as velas dos quarenta anos, se viam forçados a usarem quantidades impensáveis de injeções? E se um dia Marta desejasse e então já fossem velhos demais para serem pais? Como pais de quase cinquenta anos aguentam as noites em claro e os horários terríveis de uma criança cheia de cólica? Como costas de quase sessenta anos resistem curvadas à série de tentativas de fazer um menino pedalar a porra de uma bicicleta? Como suportar um adolescente irreverente com setenta anos? Com qual aposentadoria se pode pagar as taxas universitárias com oitenta anos? Depois sai das profundezas onde afunda, atordoado com seu próprio comportamento e, impulsionado pelos efeitos do álcool, pensa em Anthony Quinn, em todas as esposas e aventuras diferentes que lhe deram a mítica ninhada, uma coleção de filhos na terceira idade. Uma bobagem. É a única coisa capaz de fazê-lo superar seus pensamentos.

— Anthony Quinn? Você é um velho, Dani.

Clara ria.

— Se rio, sobrevivo, Clara.

— O rei da comédia abraçado numa gim-tônica às sete da noite de uma terça-feira. Os fãs de *Lara* nem imaginam.

— E a diretora, hein? Toda uma piada. Apaixonada como uma adolescente por uma mulher que não responde uma mensagem e que somente viu pelada no vestiário de uma academia.

— Me deixa em paz, lindo. É melhor viver em meio à merda dos outros.

Tinham a fala embaralhada; ele sentia uma leve dor de cabeça e queimação no estômago, mas riam com a entonação dos miseráveis que sentem gratidão por terem se encontrado. Dani não queria sair daquele parêntese ainda, precisava de uma margem de tempo suficiente para construir uma desculpa, para colocar dentro de si um adjetivo: *aterrorizante*. Quanta maldade continha aquele Dani novo, incapaz de se colocar no lugar do outro. Imaginou Marta com o filho no colo, um filho que obviamente aprenderia a amar, mas um filho que a princípio não quis. Marta despossuída das suas crenças, uma Marta mãe, não por vontade, mas porque ele a convenceu que isso seria bom, que a sua necessidade de ser pai passava por cima do fato dela desejar ou não ser mãe. Afinal, o vínculo sagrado entre mãe e filho, bem patente na memória representativa dele, seria o suficiente para Marta vestir de amor uma outra vida, até acreditar em toda aquela artificialidade como se fosse autêntica. Olhou para Clara, envergonhado, mas ela estava encarando a televisão sem volume do bar. As notícias mostravam aglomerações nas ruas da cidade, caos e confusão. Igual à história, a memória esculpe cópias inesperadas, plágios inconscientes, e Dani se lembrou de uma noite de inverno, sentado no sofá com

Anna. Sua mãe ainda não tinha chegado do trabalho. Ainda que não entendesse direito as horas, ele sabia que, quando começava o jornal, já era tarde para estar acordado. Alguns estudantes tinham se mobilizado e tomaram as ruas. Nas imagens, apareciam barricadas, via-se violência policial e podia-se escutar o barulho de muitas sirenes. Anna tapou os olhos dele com a sua mão de irmã mais velha, que não deixava de ser a mão de uma menina, e disse que ele não podia ver aquilo. Ele resistia e afinal ela abriu um espaço entre dois dedos. *Mas não conte nada pra mamãe.* O entendimento pacífico entre ambos que durou toda a vida e que agora recupera através de um filtro vintage imaginário. Sente saudades de Anna. Sentiu saudades dela no dia anterior, no bar, e pensou nela detidamente enquanto escutava Clara de longe. Às vezes pensa que coloca de lado as pessoas importantes, Anna, tio Agustín, pessoas que saberiam acolher sua dor, que há muitas semanas não liga para eles, mas é um esforço grandioso esconder a mediocridade, dissimulá-la. Pode imaginar a voz antiga do tio ou a voz serena de Anna se alterando quando disser a eles que sente dor, dor pela perda, a do possível filho e a da paternidade, dor pela falta de confiança de Marta. Pode imaginar inclusive como transformariam as palavras em consolo, mas alguma coisa dentro dele diz que não se trata de fazer declarações grandiloquentes, mas de assumir aquilo tudo e dissimulá-lo. Engolir a dor num gole só, juntamente com o orgulho, e limitar-se a acariciar o que terá sido uma breve ideia que teria mudado tudo, aquela pequena iluminação tão fugaz e devastadora. Sente que, durante alguns dias, algumas horas, foi pai de alguém.

— É preciso relativizar, Dani.

Clara fez um gesto para colocar o casaco. Anna não estava ali, e era um esforço colossal explicar aquilo para o tio, que com certeza acabaria contando para sua mãe, mas havia essa mulher, que acabou de conhecer, disposta a cancelar uma reunião importante por ele. Clara, um achado incomum, direta e sincera, alguém capaz de fazê-lo acreditar que fez bem em contar para ela, que manter em segredo pioraria tudo, que seria uma espécie de vergonha com a qual teria de viver pelo resto da vida. Ele logo se incomodou com o perigo da compaixão e deu uma cortada nela, ostentando seus recursos com todo tipo de piadas joviais. Clara, que entendeu, foi na onda dele mais uma vez, mas, quando foram se despedir, na rua, ela passou um bom tempo com uma postura maternal, ajeitando o cachecol nele enquanto dizia que, enquanto não se mudasse para Berlim, queria que estivesse presente duzentos por cento, e que a perdoasse se tinha enchido ele de merdas moralistas, a culpa era dele por tê-la feito sentir vontade de fumar maconha. Depois fez um carinho no cabelo dele, deu meia-volta e foi embora em meio ao frio e ao ar furioso. Ele também foi na direção de casa e, enquanto se deixava ser engolido pelas luzes do entardecer e pelo trânsito intenso, digitou o número de telefone da irmã.

22

Quando chegou em casa, encontrou Marta comendo iogurte num canto da cozinha. Parecia mais jovem do que nunca. Usava um pijama com estampa de pequenas cerejas que dava um aspecto de menina, uma Lolita cujo ar sedutor tivesse sido retirado. Sobre o pijama, vestia um suéter dele que ela sempre pega e fica folgado. A roupa não era a única coisa grande demais. Perguntou como ela se sentia; estava com olheiras e visivelmente vulnerável. Marta fez um gesto de indiferença com os ombros que ele conhecia muito bem. É um recurso que usa bastante para fugir do protagonismo das conversas que a incomodam. Ela não quis dizer que estava morta de fome, muito menos que estava assustada. Colocou música para escutar, uma voz masculina que soava rústica e lenhosa.

— Você estava revelando fotos?

O apartamento inteiro cheirava a revelador concentrado e clareador de película em preto e branco. Fez o esforço de se mostrar receptiva sobre aquilo das fotos. Pediu que a acompanhasse ao lavabo, que serve de câmara escura quando utiliza a analógica. Tinha instalado uma lâmpada de luz vermelha e uma corda, na qual pendura as fotografias com uma pinça e uma delicadeza extrema. Na primeira vez que Dani a viu fazer todo o processo de revelação, sentiu uma emoção especial por aquela mulher. O seu modo de olhar o mundo ficava refletido nas imagens. Ficava ali um bom tempo, em silêncio, fazendo toda aquela bruxaria com aquelas mãos não muito femininas, a pele um pouco áspera. Ficava fascinado com aquele jeito dela de se abstrair de tudo e todos. Havia duas fotos penduradas ali. As imagens já tinham emergido há algum tempo. Eram dois primeiros planos do abdômen liso de Marta com a pequena depressão do umbigo no centro, um redemoinho, uma galáxia espiral que inevitavelmente levava o olhar do espectador para o interior. A imagem bem granulada, uma mais tremida e embaçada e a outra totalmente nítida. Dani respirou fundo e deixou o ar sair ruidosamente.

— O umbigo é uma cicatriz — Marta disse, com a voz meio rouca. — Pensei que, não sei, talvez com o tempo gostarei de ter essas fotos.

Mexeu um pouco no papel e desligou a luz, brusco.
— Jantou? — perguntou, já no corredor.

Dani ficou imóvel no lavabo. Pensou nas fotos. No fato de que quis fazê-las. Imaginou Marta diante do espelho com a Leica na altura da barriga. Agradeceu por aquele gesto, que ela tenha sido capaz de se fotografar, que tenha desejado deixar uma marca.

Encontrou ela sentada no sofá com o cachorro deitado no chão, a cabeça apoiada sobre as patas. Marta fingia conferir alguma coisa no celular, mas na realidade se preparava para detê-lo. Para ela, Dani é tão previsível. Ele se deitou e colocou a cabeça sobre as coxas pontilhadas de cerejas.

— Não diga nada, Dani. Por favor, não vamos fazer disso um drama. Não vou suportar.

No entanto, a proximidade física de Dani também a acalma normalmente. Passa algo parecido com o seu pai. Ela tocou o cabelo dele distraidamente e em seguida o cheirou. Soltou uma risada fraca.

— Maconha?

Dani olhou para cima e viu um plano contrapicado do rosto de Marta. Contou sobre sua tarde, o encontro com Clara, a proposta de trabalho. Não disse nada, no entanto, sobre a conversa com a irmã. Para ele, foi uma ligação de emergência, e Anna deixou claro que não convinha perder Marta. Ele não queria perdê-la, de fato, mas Anna avisou que não estar ao lado de Marta numa decisão como aquela colocava a relação em risco, talvez não agora, mas com certeza um obstáculo como esse cobraria o seu preço mais para frente. *Não seja burro, Dani, você tem uma pessoa fantástica ao seu lado, nunca te vi como nos últimos dois anos, vai botar tudo a perder? E por que não Berlim? Uns anos fora não cairiam mal, até mesmo porque você sempre diz que está estagnado.* A convicção com a qual ela falava fazia ele sentir que, conversando com ela, tinha ganho alguma coisa. A imaginava de pé, segurando o telefone entre a orelha e o ombro, fazendo outras coisas com as mãos, manuseando tubos de laboratório ou colocando amostras químicas sob a lupa de um microscópio. Enquanto escutava a sua voz sábia, buscava desenhar mentalmente a sua figura mediterrânea recortada contra uma luz sueca e invernal. *Além disso*, ela disse, contente, *estaríamos mais perto, seu cabeça-dura!* Ele então se imaginou em Berlim recebendo sua irmã em casa com uma Marta travessa e contente como de costume. Escutava aquele entusiasmo que ele também queria sentir. *Você se lembra bem do pai?* Ele a interrompeu de súbito, incapaz de administrar a visão de Berlim. Era a sua forma de pedir ajuda para o nó de saudade que surgia depois de tantos anos. Anna respira fundo; devia estar fechando os olhos. *Não muito, Dani. Mas me lembro de você tão pequeno sem ele. Tão perdido, e eu queria cuidar de você. Diria que cuidar de você me protegeu um pouco. Do mal, entende?* É óbvio que entendia. Talvez ela tivesse acabado de colocar em palavras aquilo que fazia ele pensar que ser pai era justamente o que precisava. Aquilo infundiu nele dúvida de novo. *Mas e se o que eu preciso é ser pai, e aí?* Por um momento ela se dirigiu a outra pessoa em sueco, tapando um pouco o telefone com a mão. *Perdoa, Dani, me pediram pra tirar o carro de onde eu estacionei. O que você disse?* Ele não quis repetir a frase, no fundo já sabia que devia recuar e que ninguém poderia dizer as palavras que ele queria escutar, porque possivelmente o que precisava era apenas de um pouco de atenção, de uma compensação por uma perda que já dava por certa. *Dani, mas nem eu nem você somos muito chegados em crianças. O que eu quero dizer é que você não tinha planejado isso, né?* Ele respondeu que não enquanto acendia um cigarro. *A vida dá muitas voltas. Quem sabe Marta muda de opinião algum dia.* Anna disse para tentar não dar tanta importância para aquilo, não tinha como saber de forma racional se queria ter um filho porque não sabia o que era ser pai. Anna assume papel de mãe uma semana a cada duas, quando o seu companheiro, um guarda florestal separado, cumpre com a guarda compartilhada. Tem dois filhos que sempre saem nas fotografias com olhos azuis muito inquietantes, de Husky, frios, parecendo distantes de Anna, ainda que com certeza ela cuide deles o melhor possível. *Olha, agora você tem a mesma idade que o pai tinha quando você nasceu. Eu já tinha nascido. Você se imagina com duas crianças como nós?* Anna riu daquele jeito tão seu, contido, ele tentou devolver a ela a despreocupação, mas aquilo da idade do pai o assustou. Como é que não se deu conta antes? *Preciso desligar, estou estacionada na calçada com o pisca-alerta ligado e estou basicamente congelando. Mas me liga mais tarde, viu?* Ele já não a escutava mais. A mesma idade que a do seu pai. Às vezes achava que era o único para quem aquele tipo de coincidência fazia as coisas adquirirem uma grande importância. Pensou que o tempo é uma coisa elástica e estranha, na qual os pais que morrem jovens e os filhos que se tornam adultos se cruzam como duas linhas num ponto que não existe na teoria matemática, como uma forma de negligência geométrica. Foi para casa com a sensação de estar atrasado para alguma coisa importante. Temia que tudo já tivesse explodido devido à quantidade de pressão que ele tinha colocado, que tudo fosse irreparável.

Agora que repousava a cabeça no colo de Marta, entendeu que a sua dor pela renúncia deveria passar despercebida. Se fosse desmascarada, também se tornaria uma arma afiada. Se deu conta de que ali, deitado com a cabeça no colo dela, com os dedos dela se enredando no seu cabelo, era o mais perto que jamais estaria do embrião que Marta carregava no ventre. Devia se esforçar muito para não se deixar levar pelo que achava que os três formavam, um entendimento, uma relação, uma tribo, um mundo tão frágil como aquela pequena e efêmera família. Então tentou uma espécie de despedida. Imaginou ele rosa e alienígena, flutuando dentro da mulher que o estava gestando. Não teve a oportunidade de ver nenhuma ecografia, então foi assim que quis se lembrar dele, em meio à flutuação, boiando com a lentidão própria de um menino astronauta. Achava que dessa forma podia honrar a sua breve existência e, sem que Marta pudesse captar o significado daquele gesto, ele se mexeu um pouco, como se estivesse se acomodando de novo sobre ela. Reclinou-se de perfil com inteireza o suficiente para dissimular e seguir o fio da conversa com ela; se concentrou, colocou toda a atenção no contato da orelha com o tecido de cerejas na altura da barriga, e então fechou os olhos e disse adeus à pequena vida germinal. Consciente da irrealidade que o invadia, precisou acreditar que aquele filho evanescente era quem lhe explicava que o silêncio seria o código entre ambos.

Sentiu ele de forma estranhamente luminosa, como um começo, uma nova forma de se comunicar com o que não está presente. O seu filho. Também o seu pai. Para ele, era importante nomear os seres fugazes, acessá-los com aquele código para poder amá-los em silêncio a partir de agora.

— O que foi? — Marta perguntou, pegando-o pela mão. — Você está bem?

Ele sorriu, emocionado e incapaz de responder. Respirou fundo e se recompôs sem poder dizer que acabava de dar um passo muito importante.

Durante um tempo, conversaram como se nada estivesse acontecendo. Berlim aparecia timidamente na conversa, pensavam em possíveis datas, faziam as contas um pouco de qualquer jeito, mas, pouco depois, quando se deram conta de que estava ficando muito tarde e começaram a preparar a logística desagradável que a quarta-feira demandava, surgiu a visita ginecológica da sexta passada acompanhada do seu pai e foi como uma faísca capaz de incendiar um bosque inteiro. Marta não hesitou em buscar alguém que não ele, não precisou dele para acompanhá-la à médica. Dani coçou de leve a orelha e mudou de assunto bruscamente, mas não conseguiu tirar aquilo da cabeça. À medida que o tempo passava, a imagem do pai dela como anjo da guarda no lugar dele o corroía por dentro. A princípio, não queria dizer nada para Marta, porque pensava que já era o suficiente tudo aquilo que teria que passar no dia seguinte, mas estava ferido por não ter sido o escolhido. Se sentia um personagem secundário, sem nenhum tipo de atrativo. Imaginara ela inteiramente sozinha, autônoma como ela é, mas, se foi preciso que alguém estivesse ao seu lado, coisa que era compreensível, não entendia por que não tinha pedido para ele. E não podia ter sido uma amiga, pelo menos? Precisava ser o seu pai? Se sentia completamente sobrando. Ofendido, acabou não sabendo se conter e se aborreceu, talvez mais que o necessário, dirá ao se lembrar dos dias passados, possivelmente para buscar um culpado, alguém contra quem descarregar a raiva, apesar de saber que não havia ninguém bom nem ruim. Havia apenas eles e uma situação que precisava ser resolvida. Movediça, feita de carne e tecidos. Uma situação que pertencia aos dois e que esperava na bandeja de pendências até o dia seguinte.

— É que parece que você não precisa de mim pra nada, Marta. Faz eu me sentir um merda.

— Está vendo? Só pensa em você! Parece que o mundo está contra você! Eu é que preciso passar por tudo isso, você não entende? Sabe o que acontece contigo, hein? — Discutiam inflamados, acusatórios, voltavam a ser duas placas tectônicas que colidem. — Você não tem nem ideia do que você quer, Dani, não tem a menor ideia do que fazer com a sua vida e essa porra toda é perfeita pra você não mover suas fichas e ficar sentindo pena de si mesmo. Você adora se fazer de vítima!

Fez-se um silêncio terrível, um silêncio-espelho que os forçava a se ver com todas as misérias, tal como eram. Dani sentiu como se apagassem um cigarro no meio do seu peito. Era aquela ferocidade dela. Aquela clarividência e a forma como sempre acerta. Tinha razão. Ser pai seria uma forma de sentir que estava dentro da própria vida, e não fora. Um filho como uma ancoragem que utilizaria para ter um pouco de estabilidade, de responsabilidade para além do trabalho. Um filho para dar um pouco de sentido ao fato de atravessar aniversários no planeta. Era ruim querer isso? Um desejo que o fazia se sentir vivo e que, ao mesmo tempo, logo se transformava numa fonte de frustração.

— Não mude de assunto. Apenas te falei que não entendo por que o seu pai sim e eu não. No fim das contas, essa criança também é meu filho.

— Ai! Para! Já deu de falar *criança*, já deu de falar *filho*, chega, Dani!

Marta se mexia com ansiedade, tentava não cair na armadilha da vontade imensa de gritar e quebrar vidros. Teria batido nele ainda mais forte para fazê-lo entender que estava obrigando ela a assumir que era culpada de um crime, transformando o que era abstrato num projeto de criança, de filho. Seu pai simplesmente estava presente. Não opinava, não tinha envolvimento. Dani tinha demonstrado ser uma cópia da mesma angústia que ela sente, e por isso não sentia vontade de se aproximar. Não se via capaz de suportar mais um peso extra até chegar a quarta-feira. Por outro lado, seu pai tinha segurado sua mão com firmeza quando entraram na consulta e a abraçado quando saíram. Mais nada. Não precisava de mais nada. Naturalmente há coisas que não quis contar nem para Dani, nem para o pai. Acha impossível que qualquer um dos dois possa entender o que ela sente exatamente. Além disso, receberia qualquer comentário como uma extorsão. Está em alerta, medindo cada frase, dando informação a conta-gotas. Não conta para eles que, quando a médica disse *interrupção voluntária da gravidez*, o adjetivo explodiu na sua cara. Se nega a aceitar que abortar seja voluntário. Em todo caso, sente que não resta nenhuma outra alternativa, porque duvida da sua capacidade de ser mãe, duvida que possa ser mãe sem ter certeza de querer ser. É um último recurso, um recurso que nasce de duas opções, em nenhum caso da sua vontade. Eles têm como compreender isso? Ela tem certeza que não, que somente ela está vivendo a experiência direta, por isso não suporta esse papel de vítima que Dani interpreta há alguns dias. Vendo ele assim, pensou que também não valia a pena contar sobre os comprimidos e como aquilo a aborreceu. O ácido fólico que foi receitado pelo primeiro médico que a examinou na sexta de manhã, no pronto-socorro. *São muito importantes durante o primeiro trimestre, tanto para você quanto para o feto.* Apesar dos testes que fez em casa no dia anterior, precisou que alguém que não fosse um pedaço de plástico confirmasse o que não queria acreditar. O médico que a atendeu deu uns tapinhas no seu ombro e mandou ela se cuidar. Durante a consulta, tinha usado um tom paternalista que a irritou muito. Com a mão trêmula, ela pegou a receita que ele deu e, com o cheiro do hospital impregnando suas fossas nasais, leu a letra que deixava entrever um comprimido por dia; quando levantou a cabeça, apenas captou o voo do jaleco daquele médico bem jovem que desaparecia dentro de um outro boxe, exatamente como um inimigo fantasiado de super-herói de capa. Ele não tinha percebido que ela não pulava de alegria? Não tinha reparado que ela empalidecia quando comunicou, despreocupado, *então, sim, seus testes estavam certos, está com oito semanas*? Por que receitava comprimidos para o bem-estar daquilo que estava se formando às pressas dentro dela? Por que sorria e tinha cara de boa notícia? Por que tinha perguntado se estava sozinha? Por que tinha apertado os lábios um pouco quando ela respondeu que sim, que veio sozinha? Por que tomava por dado que a confirmação da gravidez a enchia de felicidade? Rasgou a receita assim que saiu do Hospital Clínic e ligou para sua ginecologista para tentar marcar uma consulta em alguma brecha da agenda. Foi então que perguntou ao pai se poderia acompanhá-la quando saísse do escritório, à tarde. Talvez para o caso de voltarem a perguntar se ela veio sozinha. Talvez porque agora que tinha confirmado uma gravidez, ainda precisava de mais alguém que a lembrasse que sim, tudo aquilo estava acontecendo de verdade. Se nega a dar tantas explicações para Dani; não é teimosia, mas o seu direito de administrar a situação do jeito que consegue. Além disso, aquela distância entre ambos a irrita, a diferença de opinião, um critério distintivo que quase celebravam nas suas rotinas e que agora acaba de brotar como um quebra-pau absurdo.

No dia anterior, tarde da noite, chegou um momento em que Dani temia o crescendo da discussão. Parecia que se aproximavam estrepitosamente de um clímax apoteótico próprio de um filme do Tarantino, e não da convivência feliz — sim, feliz, agora sabia — que tiveram até uma semana antes. Queria deter aquilo, mas não sabia como. Estava tão furioso com ela que parecia fora de si. Gritou com raiva para ela e, quando Marta se virou com os olhos injetados de incompreensão e perguntou o que ele queria, ele disse que ela era uma menina malcriada e apaixonada pelo seu pai a um extremo patológico.

— Ah, vamos falar de pais? — respondeu, irada. Queria contradizê-lo, mas era impulsiva demais e não sabia como articular por que aquilo que ele tinha acabado de dizer era ofensivo. — Se vamos falar de pais, não se esqueça de mencionar essa questão sua, toda a merda que você faz a sua mãe pagar, como se ela tivesse culpa de ter ficado sozinha com vocês dois.

Ela fumava um cigarro atrás do outro, ele se queixava porque a porta da sacada estava aberta e entrava muito frio, mas, na realidade, a atmosfera daquele apartamento minúsculo aquecera até o ponto em que dava para chocar o ressentimento. A realidade sempre pode se retorcer um pouco mais, bem mais que a ficção, e lá fora, na rua, as temperaturas estavam abaixo de zero.

Então se calaram para avaliar as consequências dos insultos propagados. Calaram-se também porque já não tinham mais nada para jogarem na cara um do outro. Como casal, acabavam de estrear o fio de um bisturi preciso, decisivo, que partia a relação em dois. O assunto que tinham pendente, o assunto feito de genética compartilhada, estava condenado a ser um mito da tensão entre ambos. Não tinham como saber então, mas, com os anos, o assunto surgirá nos momentos mais inesperados: relaxados em algum restaurante louvando um tartar de salmão, recapitulando uma linha de diálogo porque a atriz está gravidíssima e não atuará por algumas semanas, na cama, fazendo amor, tentando encaixar o que antes se desejava, vendo os filhos dos outros nascerem, descobrindo um desejo diferente daquele que começará a ser domesticado e extraviado no emaranhado da existência cotidiana, ou num entardecer de julho, sozinhos na baía de Ascaret, quando decidirão se continuam ou não juntos.

Dani não voltou a insistir, sabia que não podia ir além. A decisão estava mais do que tomada. Era uma batalha inútil e estava claro que a sua súplica era uma agressão para Marta.

Foi para a cozinha. Respondeu as mensagens pendentes no WhatsApp. Eram assuntos de uma outra vida, desprovidos do melodrama da última semana. Estava esgotado e, vendo a mensagem cheia de cores de Melca, que não sabia nada de tudo aquilo e que falava de um fim de semana de março em Madri para colocar os assuntos em dia e apresentar uns amigos que tinham aberto uma pequena livraria especializada em cinema, desejou deixar para trás a quarta-feira, que o dia seguinte chegasse e tudo acabasse. Marc escreveu três vezes. Na última mensagem, dizia que, apesar do dia seguinte ser quarta-feira, entendia que *com esse negócio todo, não vamos nos encontrar, né?* Que dissesse alguma coisa para se organizar e ir em frente. Marc usou uma série de emojis de um braço fazendo força. Pensou que aquele era precisamente o código: força e autodomínio para canalizar com um silêncio rudimentar aquilo que queria gritar como um uivo. A imagem do pai gravada na sua memória infantil, uma dor do passado quase apagada que agora associava à dor presente. Tinha aflorado uma cicatriz que se manteve praticamente invisível durante tantos anos, um filamento, um cordão umbilical para o qual ele queria ter dado continuidade. Agora tanto faz. Queria se desprender de tudo. Veio aquela sensação de estar à deriva, de um mundo esgotado que já não era o do seu pai. Esticou uma das únicas lembranças que acreditava ser real: a figura magra e esbelta, o bigode, o cheiro opulento da sua pele, um pouco mais ácido na altura das axilas sob a camisa quadriculada. O pequeno Dani sentado no colo do pai, que o deixou dirigir por uns metros no último Natal, quando foram a Bellaterra de carro recém-comprado. As mãos protetoras, cálidas, que seguravam as suas e o volante com firmeza. Apoiava o queixo sobre a sua cabeça de criança. Não tinham como saber que era o último Natal e, justamente naquele mistério, naquele momento de ignorância feliz dentro do carro, estava a razão pela qual a vida não tinha o menor sentido. Mas sabia que era uma visão errônea e injusta com a qual se aninhava desde criança quando as coisas não saíam bem. Tinha entendido que não serve de nada voltar ao passado para se esquivar dos problemas do presente; para sobreviver àquele sumidouro com Marta, seria preciso se convencer de que com certeza havia alguma coisa heroica no fato de amar e se calar.

Continuava digitando, com o celular nas mãos e a ponta do cigarro que tinha acabado de acender no canto da boca, fechando um pouco os olhos por causa da fumaça. De onde estava, podia ver Marta na sacada. Se confundia com a escuridão da noite, apenas se distinguindo pela linha cinza da silhueta e pelo pontinho de luz incandescente do tabaco que queimava e que se movia para cima e para baixo. Observou aquele movimento constante de uma ponta à outra da pequena sacada, como uma leoa trancada numa jaula. Foi para a sala de jantar e a fez entrar. Vai congelar de frio, lhe disse com gestos através do vidro. Como entender que ela se sentia massacrada, moral e fisicamente, que o frio não importava para ela, que, para ele, a opção de não ter aquele filho era um teste que apenas deixaria uma marca, como uma queda de moto na adolescência, um pouco de pele danificada onde houvera uma casca, uma lembrança de um momento e de uma dor concretos. Mais nada. Teria outras oportunidades para reconstruir uma paternidade estragada, e a sua identidade masculina, que sentia em perigo, poderia se reconstruir facilmente, mas, para ela, a marca se espalharia, se tornaria moral, viva, lembraria sempre dela e, fizesse o que fizesse, sempre a julgariam publicamente e ela mesma se julgaria pela decisão vital que se viu obrigada a tomar. Se tivesse decidido ter esse filho, seria uma pessoa melhor ou seria a mesma pessoa com um filho? E se fosse a mesma pessoa que era agora, mas com um filho, o que esse filho pensaria quando estivesse mais velho, quando fosse adulto, sobre uma mãe como ela, que a princípio não o tinha desejado? O mundo deve estar cheio de crianças não desejadas que agora são razoavelmente felizes, pensou, mas era o caso de botar uma nova se ela ainda podia evitar? O pior de tudo era ter que pensar e decidir a partir de uma posição que a obrigava a estar na defensiva, e se sentia realmente esgotada, era fatigante ter que transformar mentalmente a sua opção pessoal num discurso que primeiro convencesse ela mesma e depois todos aqueles que se acreditavam no direito de opinar ou simplesmente de falar sobre suas opções e decisões, como se fosse uma discussão pública.

Quando entrou na sala de jantar, se abraçaram. Sabia que amar era um risco e sentiu que amava Dani, agora sabia disso. O amor a deixava vulnerável, colocava a sua determinação em risco, mas, no fim das contas, qual era o sentido de viver sem riscos? Um terremoto daquela intensidade pode ocasionar duas verdades: ou os destrói, ou os junta para sempre. No momento, porém, apenas estavam conscientes de que aquela era a primeira tristeza compartilhada.

23

— **Marta, me diga** se pegou os papéis. A documentação.

Ela fecha a porta do carro e olha para dentro da bolsa. Faz que sim com a cabeça.

— Depois você dirige, certo? — pergunta, com um olhar espantado. Ele responde com o mesmo matiz no olhar. Por mais que vistam essa situação de cotidianidade, *depois* será uma outra coisa. Nem o que é agora, nem o que era antes. — Então toma, guarda o tíquete.

Sobem a rampa do estacionamento com algum rangido de pneu ao fundo e o eco dos seus passos. O que os espera naquela manhã é terrivelmente incômodo, e a subida custa bastante.

Lá fora, na rua, Dani recebe uma mensagem de Marc: *Força, filho da puta. Enquanto houver amigos, breja e o Barça, tudo continuará valendo a pena. Cuida dela e diz que eu mandei um beijo.* Queria silêncio, mas as vozes do mundo se negavam a se dissipar. Amaldiçoa a fugaz viagem à imbecilidade que as palavras do amigo implicam. Agora o considera assim. Não pode ser de outro jeito. Já não tem o menor interesse em continuar saboreando uma concepção absurda e pueril da vida.

São nove da manhã. As ruas de Bonanova são organizadas. As avenidas salpicadas de embaixadas, escolas e clínicas privadas fazem com que se sintam estranhos, num bairro estranho, numa manhã estranha, com um objetivo estranho. Nos bairros onde viveram nos últimos tempos, presenciaram batidas antidroga, viram a porta da propriedade da frente ser arrombada sob o grito de *polícia!*, o helicóptero da corporação tinha sobrevoado as ruas nas noites de verão com o barulho das hélices transformado em trilha sonora. Bairros como ecossistemas. O bairro onde pisam hoje tem uma aparência tão medida que a possibilidade de se subtrair ao pesar do momento até adquire consistência. Apagar um fragmento da sua história aqui parece mais simples que em qualquer outro lugar.

O forte vento da noite levou embora todas as nuvens e, apesar do frio, a estranheza toma lugar sob o palco de um céu novamente azul e impecável, como se a produção cênica quisesse lembrá-los que logo será primavera ou que, para o mundo, tudo aquilo que se refere a eles é apenas um episódio fugaz. Mas a miragem falha em alguma coisa. Há crianças em toda parte. Dentro dos carros, inteiramente cobertas, mostrando apenas dois olhos como sementes de nêspera, nas costas de pais que correm para entregar o pacote no jardim de infância e chegar a tempo de bater ponto no trabalho, nas mãos de babás que falam com elas em um inglês quase orgânico de tantas influências que reúne, esperando o ônibus, adormecidas e arrumadas. Para onde quer que olhem, há crianças que cruzam seu caminho na direção da clínica, como obstáculos a superar, situados em diversas alturas. Toda uma jornada épica com múltiplos jogadores e níveis. Estão prestes a atravessar uma praça quando topam com um dos objetos que precisam evitar. Escutam o choro de uma menina sentada no chão com um patinete caído ao lado. A mãe se aproxima dela caminhando bem depressa. É jovem, usa um casaco de cor caramelo preso na cintura com um nó. Se ajoelha ao lado da filha. Sapatos de salto, a bolsa e uma pasta com o computador penduradas no ombro e, apesar do equipamento aparatoso, mantém os modos e a elegância quando se agacha para se colocar na mesma altura da menina. Marta avidamente transforma aquele fragmento casual numa fotografia que logo passa a se tornar parte de um sistema de informação que faz com que uma lembrança armazenada a invada. É ela com oito ou nove anos sentada nos degraus da entrada da casa dos avós maternos em La Garriga. Um joelho seu está machucado com pequenas pedras de cascalho incrustadas. Chora como a menina da praça, mas não de dor. Chora porque seu pai está viajando a trabalho e quem pega com cuidado a sua perna é a mãe.

— Agora vai arder um pouco, mas o que arde, cura, linda.

Limpa o joelho dela com um algodão impregnado de água oxigenada e, quando Marta resmunga, sua mãe aproxima o rosto e sopra com delicadeza o joelho machucado. Marta repara naquilo que sua mãe faz com os lábios, o orifício minúsculo que cria para fazer passar um fio de ar limpo que alivie a ardência, a fineza na hora de executar o gesto para segurar a perna para cima, nota a delicadeza do lóbulo dos dedos na pele. Pela primeira vez reconhece que a mãe é melhor enfermeira que o pai, que é toda doçura, ternura, mas ela sempre foge desse matiz. Isso a sobrecarrega, pois a mãe leva tudo sempre em excesso: excesso de comida no prato, excesso de adornos de cor rosa no quarto das meninas, excesso de maquiagem na cara, excesso de calendários de gatinhos, de pintinhos, excesso de postais de Anne Geddes, excesso de perfume, excesso de laços nos vestidos que compra, excesso de palavras cafonas para chamá-la e às suas irmãs, *os meus tesouros, princesas, rainhas da casa, bonecas, minhas florzinhas*. Queria que nunca tivesse deixado o trabalho na agência de viagens para se dedicar *aos meus anjinhos*. A mulher que tinha opiniões próprias sobre os países para onde às vezes viajava, que estivera em Tromsø e tinha descrito as auroras boreais como poesia em movimento, aquela mulher desapareceu pouco depois de deixar o trabalho e ressurgiu dentro de uma aurora extremamente maternal, com uma entrega desmedida, incondicional. Um encanto de mulher, sempre disseram a respeito dela. Mas Marta a tinha espiado e sabia que, diante do espelho, a sós, no banheiro, a mãe não era tão cândida, que olhava para seu corpo com menosprezo, e, do assento de trás do carro, Marta estudava seu rosto murcho no espelho do retrovisor enquanto o pai dirigia em silêncio. Naquilo que Marta não soube colocar em palavras, colocou a aversão.

— Não consigo respirar.

Marta para de repente no meio da praça. Coloca uma mão no peito e com a outra puxa a manga da jaqueta de Dani para chamar sua atenção.

— Está se sentindo mal?

— Por que estamos caminhando tão rápido? Estamos adiantados, não?

— Sim. Mas está se sentindo mal?

— Não. É que, Dani…. Eu amo a minha mãe, mas ela nunca pôde me dar o que eu preciso.

— Como assim, meu bem?

— Ela se limitou a me dar o que achava ser o melhor pra mim. Como que eu poderia saber…?

Não termina a frase. Está com a cara lívida, os olhos arregalados. Coloca a mão no ventre.

— As crianças me assustam. São frágeis demais. E é óbvio que crescem — ela olha fixa para a menina do patinete, que já circula sem problemas —, mas isso escaparia do meu controle. Quantas vezes você pensou que gostaria de poder mudar alguma decisão tomada ao longo da vida e já era tarde demais? Isso de hoje é como prevenir algo assim, não acha? Evitar me arrepender quando já seja tarde demais, né?

Pergunta com o olhar perdido. Dani não é capaz de articular uma resposta. Também não tem muita certeza de que Marta esteja se dirigindo a ele. Antes pensa que ela fala para si mesma, que indaga sobre a lógica secreta da ação que está prestes a empreender. Há horas ele já entendeu que é prescindível, apesar de estar vinculado biologicamente com toda aquela história. Espera então que ela termine de falar. A paternidade frustrada tinha chegado a um ponto culminante, começado a urdir um silêncio ao qual deverá se acostumar a partir de agora. Faz um esforço para escutar e ver Marta como ela merece e não a partir do prisma enviesado pelo seu desejo, através do qual estivera observando o jogo da vida durante os últimos dias. Não tem como saber que Marta sente que há uma possibilidade sobrevoando-a: arisca, desigual, imperfeita, mas uma possibilidade. De tão difusa, não toma forma, nem de alegria, nem de desgosto, é indecifrável, irracional, uma série de imagens tremidas, mas sente. Tem a ver com a sua relação com o pai. Com a proteção que ele proporcionou a ela desde sempre. Com a segurança, com o timbre de voz que coloca tudo no lugar, com a compreensão, com o bom humor, com a visão que tem da sua filha, como a valoriza, como sempre a incentivou a seguir adiante sem precisar brigar, a confiança entre ambos, a certeza desde pequena de que ele sempre vai acreditar nela. Ela se dá conta de que é o seu pai quem a ensinou a amar a vida e, sobretudo, a amar a si mesma. *O que quer que você faça, estarei do seu lado, Marta*. No olhar transparente com o qual sublinhou a frase há uns dias era possível ver força e ternura. As palavras lhe deixaram um sedimento de calma por onde passar um rastelo, como num jardim zen japonês. Era aquela simplicidade paterna o que a seduzia, a remota possibilidade de que um dia ela pudesse reproduzir como mãe a mesma forma de fazer, de amar um filho ou uma filha. Não quer nem tentar explicar isso para Dani. Se o fizer, tem certeza de que levaria isso a ferro e fogo. Está esgotada de dar voltas e voltas ao redor do mesmo pensamento, esticá--lo, separar seus filamentos, sopesar. É como observar um negativo e em seguida revelá-lo. Perceber que nem sempre a imagem nítida sobre o papel é a válida. Às vezes encontra a beleza das imagens nos negativos. Houve claros-escuros invertidos com relação à realidade que a conquistaram. No fim das contas, pensa, todos somos o reverso de uma decisão. Mas se entregar à abstração é devastador, esgotante, se há semanas anda pelo mundo com um corpo estranho dentro do seu próprio corpo. Não aguenta mais. É mais fácil se agarrar ao primeiro impulso para acabar de uma vez.

— Sinto muito por tudo isso, Dani.

Fala sem excessos emotivos, contida. Reserva todas as forças para quando estiver lá dentro, deitada e sozinha.

— Não sinta, Marta.

— Acho que não sou corajosa o suficiente.

A mão grande dele desliza pelo cabelo tão loiro dela, que adquire diversos matizes e gradações conforme a estação do ano, a luz do sol, o poder de sedução. Sua preferência por mulheres loiras antes de Marta, uma fixação que com ela se torna devoção. Agora o cabelo dela é um flash, um plano de duração muito breve que o faz lembrar da proximidade de Berlim, a mudança de vida e o impulso dela. Pensa que é valente, sim, e muito. Valente e entregue, independente, livre, alegre, irônica e cheia de sabedoria. Sente um súbito respeito e um profundíssimo instinto de proteção pela mulher que está à sua frente.

— Vai dar tudo certo, Marta.

A frase contém certa transcendência, para além deles mesmos, mas as palavras soam incisivas e condenatórias para ambos. Não se olham nos olhos por medo de encontrar sabe-se lá o quê, hostilidade ou talvez covardia.

RETOMAM O PASSO e chegam à clínica em silêncio. Marta olha a fachada, que não dá nenhum sinal de todas as histórias que começam e acabam ali dentro. É aqui, pensa. Nada. Um edifício horizontal com painéis de vidro azulado e um logotipo impessoal de um verde cirúrgico e rosa. A imaginação dela dispara e sua cabeça vai a mil com a cor rosa. A camiseta do líder do Giro d'Italia é rosa. A folha de depilação rosa que de tempos em tempos usa nas axilas. A hilaridade da Pantera Cor-de-Rosa. *Quand il me prend dans ses bras / il me parle tout bas / je vois la vie en rose*. Pensa na taxa rosa, na sua condição feminina, na sua mãe, nas suas irmãs, nas suas amigas. Em todas as mulheres que não sabe que encontrará ali dentro, nas que tinham horário e finalmente não foram adiante, nas que vão nascer, nas que não vão. Nas que não têm medo e nas que têm tanto. Na avó Jutta.

Dani, biologicamente desligado do que o pigmento suscita, a devolve à frieza material da fachada da clínica.

— Achei que encontraríamos um monte de gente segurando cartazes.

Não parece que está de piada quando diz isso, mas ela reage bufando. Queria que fosse um sorriso, mas acaba despedaçado, enfraquecido pela situação.

— Realmente, Dani, você vê filmes demais.

Olha a hora continuamente. Ainda faltam vinte minutos. Não quer esperar ali dentro. Bufa. Dão umas instruções rápidas sobre onde esperar e como avisarão pelo celular quando tudo tiver acabado. Dão-se um beijo curto nos lábios. Marta finalmente entra. Depois de interagir num diálogo protocolar com a mulher que a atende na recepção, entrega todos os papéis. Também o dinheiro. Tem a sensação de ingressar num lugar de onde nunca sairá, pelo menos não inteira. Lá dentro, é impossível distinguir se as coisas começam de novo ou se acabam para sempre. Se esforça para ser amável, ainda que quem a atenda o faça com uma expressão grave e evite o contato visual.

Na sala de espera, há três pessoas e um relógio de parede. Duas moças e uma mulher de meia-idade que olha para uma revista, impassível. A tentação de olhar para o ventre delas é mais forte e não resiste. Não dissimula. Tudo parece no lugar. Os corpos recipientes ainda sem provas de vida alheia. Ela se senta tão longe quanto pode das três. Pensa na possibilidade de ligar para uma amiga, mas desiste. Rói as unhas. Sempre que faz isso se lembra da mãe batendo nos seus dedos. *Marta, com as mãos desse jeito você não vai casar*. Comprou um líquido amargo que dava enjoo para que deixasse de fazer isso, mas Marta continuava roendo. Tem um livro de Flannery O'Connor na bolsa, mas nem tenta tirá-lo de lá. Escuta o atrito do papel de revista. A agulha do relógio a cada segundo. Cada vez que a mulher que lê a revista vira uma página, lambe a ponta do dedo e se entretém bastante antes de utilizá-lo para passar à folha seguinte. Com o objetivo de não pensar, Marta tenta se prender a esse gesto, à aparente neutralidade daquela mulher, à coreografia da espera. Lambe, unta o canto da revista, inclina a cabeça para ler os últimos parágrafos, vira a página. Lambe, unta, inclina e vira. Lambe, unta, inclina e vira. Fará isso mais duas vezes antes de Marta se levantar bruscamente. A mulher ríspida da recepção desta vez a olha e diz que sim, pode esperar lá fora. Sai possessa. Vê Dani num canto.

— Por que não espera no café?

— O que você está fazendo aqui? Algum problema com os papéis?

— Não, não. É o ambiente da sala de espera. É insuportável. Um silêncio mortal, difícil de descrever, te juro.

Pede um cigarro. Ele tira o maço do bolso de trás do jeans. Marta pega um Marlboro enrugado e olha para ele com asco.

— Deveríamos parar de fumar de vez, Dani.

FUMAR, NÃO FUMAR, mudar-se, viver sozinho, ter filhos, não tê-los, tornar-se urbano, viver com outra pessoa, compartilhar um nós por padrão, aspirar a mais bens materiais, se aventurar em certas profissões. Decidir. Decisões embriagadas de tudo o que é novo, como uma obrigatoriedade vital de dar passos cada vez maiores adiante, mais além, que abracem mais responsabilidades, que impliquem mais pendências supersônicas. Desejos e resignações. Querer espremer tudo num momento cheio de falsos slogans de coragem individualista, mas, na realidade, governado pela necessidade de pertencer. Ceder ou não ceder, essa é realmente a questão.

NÃO ORGANIZARAM NENHUM RITO de passagem para depois daquela frágil coincidência do acaso. Não adornaram o novo início, não celebraram nenhuma cerimônia que marcasse a transição de um estado para o outro; não escreveram propósitos renovadores nem fizeram juramentos, tampouco refeições especiais. Não houve sinais externos para mostrar a alteração. A vida irrefreável voltaria a brotar em outros corpos, com as mesmas dúvidas ou idênticas convicções. Na sua memória compartilhada, permaneceria a crença profunda de terem se tornado uma outra mulher, um outro homem, durante aqueles dias. Neles, a verdade da lembrança sempre insistirá, reverberará um pai, uma mãe, um filho. Sempre existirão como tais. Às vezes, interiormente, custará a eles distinguir o que é verdadeiro do que é falso e, em silêncio, construirão vínculos com a ausência, com aquele temperamento que percorre o perímetro de tudo aquilo que poderíamos ter sido, uma zona de penumbra em que habitam todas as outras coisas que enfim não realizamos.

AGRADECIMENTOS

Queria agradecer a toda a equipe da Edicions del Periscopi, especialmente ao Aniol e à Marta, por continuarem confiando em mim e por acompanharem o livro o tempo todo. À Anna Manso e ao Enric Pardo pelos comentários sobre a vida real de um roteirista. Ao artista e pintor Oliver Roura por ser minha conexão com Berlim. Ao escritor Mikel Santiago por agir como mediador e entregar uma carta ao autor da canção que batiza esta história.

Agradeço também ao Bernat Fiol por articular tudo, pelo seu bom trabalho e pela amizade. À Silvia Querini por seu interesse, sua clarividência e os nossos cafés.

Aos meus pais, e muito especialmente à minha mãe, por cuidar dos meus filhos quando os livros me levam para longe de casa, e também agradeço imensamente aos meus filhos, pela paciência e por estarem lá sempre.

Esta história não seria possível sem o suporte, os vinhos e a imensa generosidade da escritora Laura Ferrero.

LLLL institut
ramon llull

A tradução deste livro recebeu apoio
do Institut Ramon Llull

Copyright © 2020 Marta Orriols
Edição publicada mediante acordo com SalmaiaLit
Título original: *Dolça introducció al caos*

CONSELHO EDITORIAL
Eduardo Krause, Gustavo Faraon, Nicolle
Garcia Ortiz, Rodrigo Rosp e Samla Borges
PREPARAÇÃO
Samla Borges Canilha e Rodrigo Rosp
REVISÃO
Evelyn Sartori e Tobias Carvalho
CAPA E PROJETO GRÁFICO
Luísa Zardo
FOTO DA AUTORA
Ariadna Arnés

**DADOS INTERNACIONAIS DE
CATALOGAÇÃO NA PUBLICAÇÃO (CIP)**

O75d Orriols, Marta.
Doce introdução ao caos / Marta Orriols ;
trad. be rgb, Meritxell Hernando Marsal.
— Porto Alegre : Dublinense, 2024.
256 p. ; 19 cm.

ISBN: 978-65-5553-135-0

1. Literatura Catalã. 2. Romance
Catalão. I. rgb, be. II. Marsal,
Meritxell Hernando. III. Título.

CDD 849.93 • CDU: 821.134.1-31

Catalogação na fonte:
Eunice Passos Flores Schwaste (CRB 10/2276)

Todos os direitos desta edição
reservados à Editora Dublinense Ltda.
Porto Alegre • RS
contato@dublinense.com.br

Descubra a sua próxima
leitura em nossa loja online

dublinense.COM.BR

Composto em TIEMPOS e impresso na BMF,
em PÓLEN NATURAL 70g/m² , no INVERNO de 2024.